流星の日々

麻生雪奈

幻冬舎ルチル文庫

CONTENTS ✦目次✦

流星の日々

✦カバーデザイン＝高津深春（CoCo.Design）
✦ブックデザイン＝まるか工房

イラスト・六芦かえで✦

流星の日々

昴《すばる》という名前が星の名前だと教えてくれたのは、たしか祖父が最初だったと思う。おうし座の星団で、肉眼でも六つの星が見えるのだと祖父は言った。むつら星とかいう別の名前もあるけれど、七緒《なお》は昴という名前がいいとそのときそう思った。

それは元気だった祖父と会った最後の年だ。七緒はまだ六つで、昴は十三だった。ふたりとも、そして彌生《やよい》も聡《そう》もまだ子どもだった頃。祖父はその二年後の冬にガンで死んだ。

昴。星の名前をもつ長谷《はせ》昴は、七緒の父方の従兄弟《いとこ》になる。今は二十四歳で、大学で建築を学んだあと、父親の建築事務所に勤めている。そのかたわらでガーデニングスクールに通っている彼は、今は建築家ではなく、ランドスケープアーキテクトを目指している。

その耳慣れないカタカナ職業を、昴の弟の聡は「日本的に言うとね」ときまって前置きして、

「造園家さ」

とそっけなく言う。聡は真っ黒な目をした、この春で十六になったばかりの少年だ。

つまり昴の目指す仕事は、公共施設の建物以外の外まわりすべてを設計し、作るというものだった。

七緒の瀬里《せり》家と昴の長谷家は、ふたりが生まれるずっと前から隣あった家に住んでいる。古びた洋風のよく似た建物は、昴の父親が設計した双子のような家だ。やたらと広い庭は一年中緑や花でいっぱいに囲まれていて、いつも青く澄んだ匂いと優しさに満ちていた。

庭を仕切る塀の端にはドアがひとつ。玄関を通らなくても庭から行き来ができる造りになっている。それぞれに歳《とし》の離れたいとこたちは、このドアを当たり前のようにくぐり、おとずれあい、育った。時々はどちらが自分の家なのか区別があやふやになるほどに、それは四人にとって息をするよりも自然なことだった。

彌生。春の季節の名前をもつ七緒の五つ上の姉は、この世界のどこを探してももう見つからない。彼女は三年前の夏の雨の日に、事故で死んでしまったから。

長谷の庭には大きなミモザの木があって、春になると黄色の優しい花を咲かせる。彌生はそれが大好きで、七緒の思い出す子どもの頃の彼女は、よくその花の下にたたずんでいた。

少しのときが流れて、その彌生の隣には昴の姿があるのが当たり前になった。

ミモザの黄色、日溜まりに舞う埃《ほこり》と、昴のシャツの袖をそっとつかむ彌生の細く白い指先。

じっと見つめている七緒に気づくと、彌生はきまって瞳を上げる。

ぼんやりと思い出す彌生の表情は夢のように淡く儚《はかな》くて、泣いているのか笑っていたのか。

七緒には、もうわからない。

週末の夜の繁華街は、昼とは違う顔を見せる。

夜は、この通りが動き出すはじまりの時間だ。会社員もフリーターも学生もそうじゃないのも、人の行き来の絶えないにぎやかな通りになる。飲食店やあやしげな店の照明、派手な看板の灯《ひ》。夜でも明るい光の花に、無数の蝶《ちょう》たちが群がり引き寄せられ、やがて笑い声をたてながら店へと吸い込まれていく。

夜の花には、甘い蜜も毒もある。その花に集う蝶たちは若く身軽で、後先のない一瞬のスリルを渇望し、ひらひらといろんな花へ飛び回った。そんな週末の夜を通過点に、卒業し大人になっていく者と、笑いながら大きなうねりに吸い込まれ消えていく者の、ここには二種類しかいない。

陽が落ちても冷めない夏の熱気に、濃密な夜の気配が袖からすべりこんでくる。まがいものの明るさは、それでも消せない夜の淋《さび》しさをどこかにそっと忍ばせている気がした。

ああそうだ、夏休みだったんだ。歩く途中で男からむりやり握らされた割引券を破って捨てて、瀬里七緒は腕時計を見てから歩き出す。昔好きだった夏は、三年前から嫌いになった。むせるほどの熱気も汗も、笑い声も喧噪《けんそう》も、なにもかもが暑苦しくてうっとうしい。

ゴミゴミした細い歩道の人波を器用にかき分けて歩く七緒を、ふいに後ろから声が呼んだ。

「よっ、瀬里じゃん」

突然呼び止められて振り返ると、歩道にギターを抱え座り込んだ青年がいた。七緒を見上げ歯を見せてニッと笑う。ここでは、たまに顔見知りに出くわした。

「あれ、坂本《さかもと》。今日はここで弾くのか?」

ギター青年の坂本は七緒の中学時代の同級生で、ここで偶然再会し、何度か大勢で一緒に遊んだ。仲間うちではタロと呼ばれている。彼の本名とは関係ないあだ名の由来は、七緒はよくは知らない。何でも外国映画に出てくるタロという男と同じに身体《からだ》中にピアスをしているからだとか何とか、いい加減なことを聞いたように思う。

うんとかああとか曖昧《あいまい》な返事をしながら、タロはパンツのポケットに携帯電話を探っているようだった。

「最近、おまえ見ないねって言ってたんだぜ。今日は遊べんの？　だったらヒマなやつら呼び出すけど。女とか、おまえに会いたがってたぜ。セリセリって、うるさいっつーの」

週末の夜、ここでタロは似非《えせ》ストリートミュージシャンになる。歩道の真ん中でも構わずに、七緒はタロの前にしゃがみこんだ。七緒がギターの弦に触れても、タロはいつも怒らない。固い感触をものめずらしく指でたどりながら、「俺、予備校の夏期講習帰り」と七緒は言った。

肩からかけた鞄《かばん》の重さを、ふいに思い出す。

参考書に辞書、そして問題集。規則正しい、息苦しい、あがいている高三の夏の重み。

このにぎやかな通りのつきあたりに、七緒の通う予備校がある。週に四日、夕方六時までの夏期講習に、「土曜だけは八時まで」だと母親に嘘《うそ》をついた。「遅くなるけど、昴に迎えに来てもらうから」大丈夫だと。

タロはサングラスの奥の一重の瞳を、「へえ」と意外そうに見開いた。背丈も体格もさほど変わらないけれど、顎《あご》に無精髭《ぶしょうひげ》を生やした彼は七緒よりいくつか年上に見える。

「何だ。じゃあ、瀬里はここの卒業組か。おまえ誰とも毛色違ってて面白かったのに、綺麗《きれい》どころが減っちゃうね」

「バカ言ってる」と笑って、七緒はギターの弦を指で弾いた。

「俺、真面目《まじめ》になったの。受験終わるまで、勉強ベンキョー、勉強一筋の生活」

「瀬里は、もともと普通で真面目だろ。遊び方も、広く浅く賢く、に見えたぜ」

そしてそれがいちばんと言う彼の口調はサバサバして、嫌みがない。七緒は薄く笑った。

自分は、学校では真面目でも不良でも、普通でもない。どのカテゴリーにも属しない。好きなときに好きな人間と遊ぶ気ままなやり方をずっと通してきたし、今まではそれで許されてきた。

「坂本はどうするんだ？」

「オレ？　オレは専門に行きつつ、もうしばらくはここでギターを奏でてるんじゃない」

「フーン……」

通行人の何人かは同年代の顔見知りで、七緒たちに気安く声をかけて通り過ぎていく。たいして派手ではない素行の七緒だけれど、顔立ちが綺麗で人目を惹《ひ》くから、この通りで言葉を交わす人間は自然に増えた。

タロの話すまだ実感のない『卒業』という響きは、それでも自分とこの週末を表現するのにはふさわしい言葉に感じた。

受験はあらがえない人生のレールのひとつで、きっかけで、未来への分岐点になるはずだから。

タロの弾くギターを聴いて行きたかったけれど、さっきの携帯電話での従兄弟の不機嫌な声が七緒を急《せ》かす。

「じゃ、俺、待ち合わせしてるから……」

「ねえ、セリでしょ？」

立ち上がった七緒は、ふいに背中から腕をつかまれてギョッとした。

自分を逃がすまいとするかのように、少女がぎゅうっと腕に抱きついている。むき出しの肌から汗ばんだ体温がじかに触れて、それがたまらなく不快でとっさに振り払おうとした寸前で、女相手だったと思い直した。つかまれた腕をだらりとのばす。

「やっぱりセリだったあ。やったね、今日ラッキー」

少女は背伸びし、七緒の表情を覗《のぞ》き込んだ。夏らしいオフショルダーのトップスにデニムのショートパンツ姿の少女は、美しい脚を惜しげもなく晒《さら》している。顔は思い出せなくても、綺麗な脚に見覚えがあるような気がした。

少女を見て、それからタロと顔を見合わせると、タロのほうは『知らない』と言いたげに肩をすくめた。

「携帯教えたのに、ＬＩＮＥもメールも無視なんだもん。ねえ、遊びに行こうよ。今日は友達もいるし、あ、そっちの人も。時々見かけるよ、ギター上手《うま》いよね」

誰だったか、とっさに思い出すふりをして、いろんな名前が七緒の頭をめぐった。

たしか、前の週末に初めて言葉を交わした少女だ。学校の友人とクラブで一緒になって、そう、そのときのひとりの連れだったように思う。一度会ったきりなのに、少女はやけに親しげに触れてくる。

名前、何だっけ。簡単な記号が思い出せない気分に、偏頭痛みたいに左のこめかみがツキンと痛む。

「友達が公園のとこいるから。あともうひとり男の子いれば、数そろうんだけどな」

黙ったままの七緒の隣で、少女はひとりはしゃいでよくしゃべった。タロは七緒の反応に、ニヤニヤ笑うだけだ。なにを言うより饒舌《じょうぜつ》に、でたらめなギターをかき鳴らしはじめた。

七緒はひどく醒《さ》めた気持ちで、少女の鼻の頭に浮いた薄いそばかすを見ていた。

「悪いけど、俺、人待たせてるから」

「へ……」

ポカンとした少女の表情の、その鈍感さが、七緒を無性にいらだたせる。わざと腕時計に目を落とす七緒に、ようやく少女は自分たちの温度差に気づいたようだった。抱き込んだ七緒の腕に、心細げにしがみつく。

「でも、この前一緒に遊んだじゃない。楽しかったよね?」

「今日はマジで時間ないんだ。ごめん」

細い腕をやんわり外し、鞄を抱え直す動作が、七緒の無言の拒絶だ。

「じゃな」とタロに手を挙げて、それだけで歩き出そうとした七緒の腕を、どこから力が出るのか、か細い腕が強引につなぎ止める。ソールの厚いサンダルでつま先立って、少女は懸命に七緒を見上げた。

「待ってよ! じゃあ次はいつ来るの? そのとき、遊ぼう」

少女の指のマニキュアが剝《は》げかけているのに嫌な気持ちになった自分に、ふと気づいて、七緒はそんな自分こそがひどく嫌な人間だと呆《あき》れた。本当につくづく自分は、昴以外はどうでもいい。

「わかんない。当分、来ないと思う。俺、受験生だから」

ほら、声だってこんなにそっけない。冷たい。

この街では馴《な》れ合いもすれ違いもよくあることだと、タロが嫌みな即興の歌を唄《うた》っていた。

少女は怒ったような哀《かな》しいような何とも複雑な表情を浮かべると、七緒の腕からするりと指を落とす。唇をとがらせ、目尻に涙がにじんでいた。

「こいつ、瀬里って、ほらクールぶってるから。いつもは、女のコにはもっと適当に愛想いいやつなんだけど、待ち合わせで不機嫌らしいよ」

タロのおざなりなフォローに、七緒は露骨に嫌な顔をした。少女はさっきの明るさはなりをひそめ、うつむいてしぼんだ花のようだった。うなだれた少女のつむじを見て、七緒はため息をつくと、指先でそっと少女の指先の青に触れた。つかのまの優しさは、またたきよりも儚い。結局、記号は思い出せなかった。薄情でごめんなと、胸でつぶやく。

七緒にとって、その日一日が楽しければそれでいい。今日笑いあった見知らぬ仲間は、明日には他人だ。

少女も、タロも。それが夜の街の優しいルール。

「じゃね。おやすみ」

透き通った七緒の声が、少女の耳もとでささやいて消えた。走り出した七緒の背中を、少女の目が懸命に追いかける。

「ねえ、次、いつ会える?」

ギターの音に負けないようにわざと大きく叫んでも、七緒はすぐに人にまぎれて見えなくなった。

前を通り過ぎるカップルがジロジロと少女を眺めて、少女はそれから仕方なさそうにタロを見て、それから自分の剝げかけた指先の青を見て眉をひそめた。

信号を待って通りを抜けると、最初の路地に入る。一歩裏に入れば、表通りと違う一杯飲み屋やさびれた感じの店の灯が何軒かぽつりと灯《とも》る静かな並びだ。

目当ての車は探さなくてもすぐに見つかって、ひょろ長いシルエットがその脇にたたずんでいた。

昴はボンネットに寄りかかって煙草《たばこ》をふかしていた。

薄暗い街灯に浮かぶ整った横顔は、静かで少し疲れている男のように見えて、七緒はふいに立ち止まった。

哀しくなる。こんななにげない瞬間に、どうしてこの男をこんなにも好きだと思い知るんだろう。

幼い頃からずっとそばにいても、七緒は昴にひとつも安心したことがない。

いつだって、気に入られたいと願ったし、笑いかけてもらいたいと切に祈った。

煙草の先の白い煙が闇に立ち昇って消えるのを見てから、大きく息を吸い込むと、『よし』と胸でつぶやく。胸の痛みと折り合いをつけるのは、自然と得意になった。

「……ミスドの前だって、言った」

昴が気づくより先に、七緒は唐突に言った。そして少しひかえめな感じで「昴」と呼びかける。

煙草の先に赤い火が灯っているのが、無理に笑う自分のように淋しく揺れる。

ゆっくりと顔を上げた昴は、半分も減ってはいない煙草を車の灰皿に押しつけた。視線が七緒を見て、律儀な男のその指先を七緒の目はつぶさに追いかける。

「ミスドの前には路駐できないだろうが」

「そうだっけ」

「そうなの」夜の中で昴が笑った。

最近の昴は境界線の引き方が微妙でうまい。ずるいと思う。けして他人行儀には感じさせない笑顔でも、その先には簡単には踏み込ませない。相手がたとえ七緒でも、いやもしかしたら七緒だからよけいに。

「……ひょっとして、仕事してた?」

考えると哀しくなって、七緒はすんと鼻をすすった。闇の中、昴の指先だけにじっと目を凝らす。

昴は長い前髪をうっとうしそうに掻《か》き上げ、ため息じみた深い息を吐いた。仕方ないなと言う代わりに肩をすくめると、彼は車のドアを開けて左の運転席に黙って乗り込んだ。

七緒も黙って、カブリオレのドアをひらりとまたぐとナビシートに収まる。昴の隣は煙草の匂いがして、ギアを入れた車は急発進した。

「七緒、シートベルト」

つけるヒマもくれなかったくせに。

穏やかなふりをする昴の声に七緒はこっそり首をすくめて、ずり落ちた身体をシートに添わせた。

黒のBMWカブリオレは、二年前昴が車を買い替えるときに、どうしてもと七緒が言い張ったものだ。最初は相手にしていなかった昴は、七つ下の従兄弟の頑固さに結局折れた。それ以来この車に七緒を乗せるたびに、「俺はこの先三十年ローン漬けだ」と昴はボヤく。

「待った？」

「いや、待ってない」

「仕事、忙《はや》しいんだ」

夜でも流行りの色のシャツを着て腕時計まで似合うブランドを身につけている男なのに、今は顎のあたりにうっすらと無精髭が浮かんでいる。今度は昴は答えずに、その肩を上げた気配が七緒の視界の端にかすめる。昴がクンと匂いを嗅ぐように鼻を鳴らした。

「七緒クンは、予備校に何しに行ってる？　また逆ナンってやつ？」

少女につかまれた腕を、とっさに嗅いだ。自分ではわからない香りが残っているのかとドキリとしたら、隣の昴はニヤニヤ笑っていた。やられた、と七緒は唇をムッととがらせる。

「べつに、男も一緒だったし。ほら、以前に話したよね、中学ン時の同級生」

「ああ、タマとかジロとかいう……」

七緒の言い訳には興味がないのか、昴は適当にうなずき七緒を少し見た。真っ黒な従兄弟の瞳は、いつも大人の分別で自分を見つめる。半年前から切らずに伸ばしている髪は、もうじき肩に届くだろう。長い髪の昴という想像も、彼の顔立ちにはしっくりくる。悪くない。

「モテるね、七緒」

「……あんたに言われたくないね。自分だって、ここで遊んでたクチだろ?」

しなやかに顎を上げる七緒の仕草《しぐさ》はまるで澄ました猫で、昴は破顔した。目尻に優しいシワができて、思いがけず人懐こい表情に見える。

「俺は、大学の頃少し遊びに来てただけ。たいしてモテもしなかったしな」

七つの歳の差は大きい。小学生の頃がいちばん昴について回りたがった七緒だが、夜遊びの場所だけは昴の絶対の秘密事項だった。やわらかい微笑《ほほえ》みの下に秘密を隠す大学生の昴は、その頃の七緒にとって、ずいぶん神秘的で意地悪な青年に映ったものだ。

「それより、仕事は? 忙しいのに呼び出したんなら、ごめん」

「まあ、ぼちぼち」

「図書館の設計の仕事、入ってるんじゃなかったっけ」

何だ、知ってるんじゃないか。そんなふうに昴は七緒を見て、でもなにも言わなかった。

自宅の隣を建築事務所にしている長谷家では、昴の仕事場も当然その事務所だ。大きなドラフターがあって、昴はそこで製図を描くか、そうでないときはガーデニングスクールに通い、人の家の庭をブラブラ見たり、住宅展示場を見に行ったりして過ごしている。

美しいものや、心を豊かにしてくれるものにたくさん触れあうことで、感覚をつねに研ぎ澄ますこと。そして新しい風を知ることは、この世界では大切なことなのだというのが昴の口癖だ。

以前は自分も、よく昴に美術館や昴の好きなジャズを聴きに連れて行ってもらった。まだ彌生がいた頃の話だ。彌生が死んでからは、そんな機会も少なくなった。

「予備校はちゃんと行ったのか？」

「行ったよ。俺が母さん泣かせるような真似《まね》、するわけないだろ？」

「それは結構。悪さするにも、子どもは隠れてやってくれ」

それでも昴の口調には、とがめる響きはひとつもない。とことん自分に対して無関心な昴の言葉に七緒が小さく笑うと、昴はダッシュボードから煙草とライターを取り出した。一本抜くと自分で火をつける。

煙が七緒にかからないように吐き出すのは、七緒を気づかう昴の、昔からの悪い癖だ。

こんな優しさをときにさらりと見せるから、だからあきらめきれない。

風が耳のすぐそばですごい速さで流れていく。ビュンという音が聞こえて、七緒は夜の景色の中へ身を乗り出した。すぐに「七緒、危ない」とぴしゃりと膝を叩《たた》かれた。

「昴、今日、墓参り行った?」

　唐突に聞いた七緒に、昴は七緒の横顔を見た。「ああ」とうなずく。

「母さん、なにか言ってた?」

「いや。もう仕方ないって、あきらめてるんじゃない? 一度も行ったことないだろ、おまえは」

　月命日だしねと言った昴は、その後ぽつりと「けど来月の祥月命日には墓参りしないとがっかりするぜ、きっと」とつけ加えた。

「誰が?」びっくりして、七緒は昴を見る。目尻の切れ上がった大きな瞳は、よく「ネコ科だ」と友人に例えられる。

　昴の指が、いらだたしげにコツコツとハンドルを叩いた。

「郁子叔母《いくこおば》さんが。……あと、彌生も」

「うそだ。だって、あんなとこに彌生いないよ」

　風に飛ばされてしまわないように、夜空に向かって七緒は大声で叫んだ。

「彌生はもっと、俺たちの近くに、すぐそばにいるんだ」

　あの最期の日の朝に、彌生はどんなふうに自分を見ただろう。

　真夏で蟬《せみ》の声がうるさくて、彌生は玄関で一度七緒を振り返ったように思う。そしてまっすぐに七緒の目を見て『ナオ、雨が降るかもしれないね』と、静かに言った。夏の青空のように澄みきった、しんとした透明な瞳で。

車のドアの縁を無意識に指でなぞって、ルーフに映る光が合図のように瞬《またた》く。七緒はフッと夜空を見上げた。「昴、流れ星！」と叫ぶ。

「今、いっこ流れた。あっち、北東？　だよね？」

弾んだ声に、昴はチラリと七緒を見た。もしかすると、七緒の向こうの夜を見たのかもしれない。

「こんなに明るくて、星なんか見えないよ。飛行機だろう」

たいして興味もなさそうに言った昴に、七緒はやっぱり弾んだ声で「違うよ」と首を振る。

「ペルセウスだ。七月だから、もう流れはじめてるんだって」

昴はなにも言わなかった。無言で煙草を探す指がさまよって、結局オーディオのスイッチを入れることで落ち着いた。

流れてきたのはパティ・ペイジが歌う「この世の果てまで」。

小さく聞こえた口笛は昴の、パティの歌声をなぞっていくかすれたメロディ。

俺も昴も男で、ふたりは従兄弟で、ただの幼なじみだから。

だからこんなに近くにいても、手が触れあうことさえしないんだ。

幾度も重ねた言い訳は、今はもう疲れて、優しく七緒の胸の奥に横たわる。

「……昴、俺ね、知ってると思うよ」

「なにを？」

従兄弟の横顔をちょっと見て、七緒は答えずにただ笑った。

眉をひそめた昴はなにか言いかけるように煙草を外して、けれど七緒の目を見て結局口をつぐんだ。

無口な昴の静かなステアリング、煙草のマイルドセブンの匂いが風に散る。

あなたの愛を失《な》くしたときが、世界の終わり。好きな歌のフレーズも、こんなに近くにいても、ふたりの夏の夜はただ静かで淋しかった。

浅い呼吸と、彌生が死んでから癖になっている時計を見る仕草を何度かして、そして七緒は天に向かって指を伸ばした。

ゆっくりと流れる七緒の指先が、夜空に流星の軌跡を描いた。


子どもの頃は、庭に立つと、緑の隙間から見上げる空があんまり遠く澄んでいて、天国まで続いているような少し怖い気持ちになった。

マリーゴールド、ノースポール、プルンバーゴ。ミニバラのアーチをくぐると、コニファーの深い緑と樫《かし》のおおらかさに包まれる。春に咲くエンジェルトランペットの白い花は、彌生が好きだったアメリカの画家オキーフも好んでよく描いた。

日当たりのいい場所に手作りの木のベンチが置いてあって、その上には紅茶の空缶でこしらえたコンテナが並んでいた。植えられた薄紅のサクラソウがふわふわ揺れている。

緑に囲まれたこの瀬里の庭は、昂が最初に手がけた本格的な仕事だった。緑も花も、この空間でだけは人間と共生する。ここでは、七緒はきまって腕時計は外した。植物の呼吸に疲れが癒《いや》されていく感覚は、きっと昂という人間の優しさだと七緒は思う。

首筋に、うっすらと汗がにじむ。真上の木の枝で蟬の声が弾け、七緒は目を閉じた。

風の音が遠くでさらさら渡る。紗《しゃ》がかかった世界は、皮膜のような薄いベールに包まれていた。夢と現《うつつ》の中途半端な感覚がひどく心地よくて、裸足《はだし》のつま先が無意識に木陰を探してあちこちさまよう。

少しうとうとしていたのかもしれない。穏やかな声が降るのを、半分夢の中で聞いた。

「コーラでいい?」

水の匂いがして、やっぱここだった、と声が言った。目の横にぼんやり汚れたスニーカーのつま先が見えて、七緒はぱちっと目を見開いた。少年の手にしたペットボトルの水の向こうに、現実の世界のあざやかな色彩がゆらゆら揺れた。

「……聡?」

「おばちゃん、探してた。知らないって言っといたけど」

ニッと笑った日焼けした顔から、真っ白な歯が覗く。長い手足を窮屈そうに折りたたんで、七緒は前髪をのろのろと掻き上げた。コーラの缶を寝そべったまま受け取ると、冷たい水滴が指の隙間をこぼれ落ちる。

聡は寝転んだ七緒の隣にストンと胡座《あぐら》をかいた。聡の穴のあいたジーンズを見上げて、七緒
「……マジ？　何時？　ああ、おまえ部活じゃなかったっけ？」

腕時計を見ようとして、そうかここは昴の聖域だったと思い出す。時間を確認する癖は、姉が死んでから自分の帰宅時間に異常なまでに神経質になった母親に植え込まれたものだ。

「十時過ぎ。昼から行くよ」

「あっそ……」

息を吐いて、また軽く目を閉じる。蟬の声がふいににぎやかに舞い戻ってきた。

瀬里家の、裏庭に続く家の外壁の隅。小ぶりの楠《くすのき》の樹の下は緑の生け垣に隠れた死角になっていて、ここで七緒がよく寝ていることは昴と聡しか知らない。

緑の濃い影が聡の上に落ちていた。寝そべったままで何となく聡の横顔を見つめていると、その唇がふいに「七緒ってさ」と言った。

「七緒って、昔っから緑とか星とか、自然っていうの？　そういうの好きだよな」

気負いなくのびのびと話す言葉の調子は、子どもの頃からひとつも変わらない。中学の終

わりに七緒に追いついた聡の背丈は、この夏でまた三センチ伸びた。じき、昴も追い抜くノッポになる気配を秘めている。

「チャラチャラしてんのに、変なの。学校のやつらが知ったらビビるよ。僕とか昴は、それがもうあたりまえなんだけど」

ミネラルウォーターを飲み干す聡の喉《のど》の動きが妙に楽しくて、七緒は下からわくわくする気持ちで眺めた。聡は頰《ほお》から顎のラインが繊細で、そこは昴に似ていると七緒は思う。整っているというよりも、彼は個性的ですっきりした好ましい顔立ちをしていた。

「二年のさ、ムラシタサワコっているじゃん？　美人だって、結構有名なんだけど」

「うん？　ああ、村下《むらした》ね」

「七緒のこと好きって噂《うわさ》だぜ。知ってた？」

「……まあ、何か、それとなく」

つまらなそうに言って、七緒は聡がもっと別の話をしてくれればいいのにと思った。

「〝それとなく〟だって」

やだねー、と聡はケラケラと笑った。朗らかな笑い方だった。

「何だよ。おまえ、村下に気ぃでもあるの？」

「まさか。まあ、仕方ないか。七緒は王子様体質の人だから」

「王子様って、ンだよ、それ」

見上げてくる七緒の視線を横目で笑って、聡は左手で七緒のチノパンの太腿《ふともも》に触れた。

「七緒の足にキスしたいやつが、たくさんいますよってこと」

「……なに、それ。意味不明だし、変態だし、最っ悪」

聡の言葉に露骨に嫌な顔をしてみせると、彼は「自覚がないから王子様体質なんだよ」と、今度はにこりと笑った。そのひとり合点したような澄ました笑顔に、七緒は聡の左手の甲を遠慮なくぎりとつねった。「いたたっ」と聡はおおげさに手を振ってまた笑った。

水泳で鍛えた聡の腕は、細いけれどきれいに筋肉がついていて、それはただひょろ長いだけの自分の手足とは違う。自分の薄い手首を情けなく見て、七緒は缶の縁を指で弾いた。涼しい硬質の音が、昴の名前の響きに似ている気がした。

「七緒、暑くない？」

「……ん。へーキ」

目を閉じた七緒の額《ひたい》に、聡の冷たいてのひらがそっと触れる。水の冷たさと、聡の優しさが心地よい。七緒の唇がクスリと笑った。

「あのな。俺、もう元気だって。ガキの頃とは違うんだから」

「うん、わかってるんだけど。何か安心できないんだよね。どっか七緒に触ってないと」

癖になっちゃってんのかなと、困ったように聡がつぶやいた。

触れてくれるのは、昴がはじめたおまじない。タッチ・セラピーなんて言葉もなかった頃に、七緒の小児喘息《ぜんそく》の発作が出ると必ずどこかに触れていてくれた。

「喘息とは、もう綺麗さっぱり縁が切れたの。過保護なんだよ、おまえも、昴も」

聡の手を振り払うと、七緒は聡に背を向ける。無造作な仕打ちにも、ゴロンと寝転がった踵《かかと》が膝《ひざ》にぶつかっても、聡は別段気分を害したふうではなかった。

体温がくっつくくらいそばにいても、変に意識したりも邪魔に思うこともない。勝手に息をして勝手に空を眺めて、それぞれが好きな音に耳を澄ます。歳が近いし年下だし、血が近いからなのか、七緒と聡はいつもそんなふうに過ごした。

七緒にとって昴が手の届かない遠くの星なら、聡は大地みたいに身近で親しい存在だ。

「七緒、知ってた？」

「ん？」静かな聡の声に瞬《まばた》きする。

「熊本のさ、高森のじーちゃん家《ち》。売っちまうんだって」

「え……」

ハッと身体を起こすと、聡が横目でチラと自分を見た。

「斎《とき》さんも、もう歳だし、あの家でひとり暮らしさせとくの心配だからって。香代《かよ》おばちゃんとこ、熊本の市内だろ？　便利いいし、増築して、ばーちゃんの部屋作るって」

七緒たち孫は全員、子どもの時分から祖母を〝斎《とき》さん〟と名前で呼ぶ。もう習慣だ。

「……ウソ」

聞いてない、と口の中でつぶやくと、聡は「僕も、昨夜聞いたばっか」と言った。

「最後に行ったのって、あれじゃん。三年前だろ」

「ああ、うん」

言いにくいことも聡はあっけなく口にする。だから七緒も素直にうなずけた。

「彌生が死ぬちょっと前だな。あれからすぐだったから、何かつらくて行けなかった。じいちゃん家がさ、彌生との最後の思い出みたいで……」

三年前までは、毎年八月になると熊本の高森町にある祖父の家へいとこたちで遊びに出かけた。

山に囲まれた小高い祖父の家は周りに灯もなくて、流れる星に胸を躍らせた。ペルセウス流星群だ。あの熊本での夏は、すべてがあざやかで特別だった。

彌生と見た最後の流星、昴との、ひそやかな出来事。本当に触れたのかそれとも夢だったのか、七緒は、ほのかなぬくもりの秘密を唇に指でそっとたどってみる。

「僕らもそうだよ。特に、たぶん昴は」

じきに法要だねと、聡が言った。その言葉の響きはどうしてだか奇妙に希薄で、現実の形に欠けていた。

「昴には、熊本の話もペルセウスも禁句だな。昨夜も、母さんから熊本の話聞いて急に不機嫌になっちまってんの」

「……ウソ。俺、昨夜ペルセウスの話、思っきししたけど？」

「さあ。七緒はいいんじゃないの、弟だし」

いい加減な聡の言葉にうんざりとうなずいて、でも昴は彌生の恋人だったんだから仕方ないと、七緒は胸でそう自虐的につぶやいてみる。恋人を亡くして、それでも昴は生きていかなくちゃいけないいんだから。

「彌生がいた頃さ、楽しかったよなあ。四人で遊びに行ったじゃん。フツー、恋人同士ってふたりきりになりたがるのに、昴と彌生って違ってたよな。僕たちまで混ぜてくれてさ」

「いとこで幼なじみだから、今さらって感じだったんじゃないの？」

「そのくせ、庭とか公園見に行くときは七緒だけ誘うんだよね。アニキは」

七緒だけという部分をわざと大きく発音した聡に、七緒は嫌な顔をする。

「七緒、中三ンとき、大学見てみたいって彌生に連れて行ってもらったことあったよな」

「……ああ、あの昴に〝ムカつく〟とか言われたやつ」

むすりとシワの寄った七緒の眉間を、「はは」と笑った聡の指がつつく。

大学時代、昴は自分の学生生活の領域に七緒が踏み込むのを嫌った。それでも、どうしても自分の知らない昴の大学を一度見てみたかった七緒は、昴に内緒で彌生に大学を案内してもらったことがある。

七緒が中三で、彌生が大学二年生のときだった。

なぜかそれが途中でバレて、不機嫌な昴に七緒はなかば強制的に帰りのバスに詰め込まれた。そしてその夜、七緒の腕を乱暴につかんで、いらついた口調で昴はこう言った。

『コソコソするなよ、来たかったら俺に言え。ムカつく』

絶対に八つ当たりで、一方的な物言いに七緒は啞然《あぜん》とした。

『……ごめん、なさい』

けれど、昴の理不尽さを結局は受け入れ許してしまった。まるで恋人めいた束縛の権利がたがいにあるような、その頃は、そんな甘い錯覚を抱いたこともあったのかもしれない。

「昔のアニキは、七緒には時々ちょっと過保護だなあと僕は思ってた」

今度は茶化すことはせずに、聡の声は透き通って聞こえた。七緒を見るまなざしは、自分たちの過ごした大切な時間を振り返り、懐かしんでいる。

聡は、もうずいぶん以前から七緒の昴への恋に感づいている。たしかめたことはないけれど、きっと子どもの頃から。

聡に嫌悪や驚きはなく、それも七緒の一部として受け入れてくれているようだった。

「アレだよね。アニキが七緒にかまわなくなったのって、たぶん、彌生が死んだ頃くらい？」

「……大人になったんだよ。俺も自立しなきゃならないし、昴だって自分で手一杯だった頃だ」

聡はちょっと首を傾《かし》げて「そうかねえ」と言った。

自分たちの間に見えない境界線を引いたのは、そうだ、たしかに聡の言う通り彌生の死だったのかもしれない。少しの間目を閉じていた七緒が、ふと言った。

「何か、ヘンな感じ」

「なにが？」

「俺は子どもじゃなくなって喘息も治って、昴はさ来月二十五のオヤジになる。彌生がいないのに、どうして俺たちだけ変わっていくんだろ？　昴はずっと彌生と結婚すると思ってたのに」

　それなのに、彌生だけが変わらない。彼女はいつまでも十九歳の彌生のままで、二十歳の彌生も三十歳の彌生も、今もこれからもどこにもいない。

「無茶言うなあ、七緒は」

　呆れた聡の声はどこまでも穏やかで、七緒はふいに声をあげて泣き出したい衝動に駆られた。

　むせ返るように濃密な夏は、あの哀しい三年前と同じ匂いで七緒におとずれる。

　あの夏から、自分の生きるバランスのどこかがきれいに狂ってしまった。

　可哀想《かわいそう》な母親も父親も、そして弟も。家族の中にぽかりとあいてしまった彌生という穴は、彌生の存在以外には埋められなくて、それは永遠に叶《かな》うことはない。

「昴、仕事場？」

塀の向こうの建築事務所は、長谷の庭にある仕事場で、ドラフターの前に座る昴の姿が浮かぶ。

「たぶん。昨夜も、七緒迎えに行ったあと作業場にこもってたから」

「そっか……」

ペットボトルをごくごくと飲み干して、聡は勢いよく立ち上がった。

「じゃ、僕、部活行くから。七緒は？」

「俺も、昼メシ食ったら予備校」

現実の話をしたら、蟬の声が急に降りそそいできた。見上げてくる七緒の瞳を見て、それから聡は「あ、そうだ」と思い出したようにつぶやいた。自分のてのひらをTシャツの腹でぬぐい、七緒の手首をつかむと引っ張り起こす。

聡のてのひらは冷たかった。七緒の手首を細い指でぎゅっと握って、目線はもうほんの少し聡のほうが高い。

「大学、マジで決めたの？」

眉間が、少し険しく寄っている。真面目な聡の問いに、七緒は黙ってうなずいた。

「家出るチャンスだし。まあ、受かればの話だけど」

「受かるさ、七緒が本気なら。おまえ、勉強すればできるくせに」

怒ったようにぶっきらぼうに言って、聡のスニーカーが草を蹴った。

「ごめんな」

左手で聡の背中を軽く抱くと、聡は額を七緒の額にごしとこすりつけた。そして、「しょうがねーよな」と唸《うな》るように低く言って、七緒の胸をポンと押す。

少年の潔いまなざしがまっすぐに七緒をつらぬく。聡は怒りもストレートで、隠さない。その清冽《せいれつ》さは、ときに昴を想う気持ちを後ろめたくさせることもあったけれど、嫌いには一度もなれなかった。

「聡」

唐突にぷいと背中を向けた聡が、振り返らずに「うさぎ」と小さく言った。

「うさぎ、見といてって昴が言ってた。ここんとこ陽射《ひざ》しが強かったから、葉っぱに注意しろって」

「ああ……、うん。了解」

「ベンキョー、がんばって」

「水泳も」

ひらひらと長い手を振って、聡はそれだけ言うと緑をかき分けて夏の陽射しの中へ歩いていった。その後ろ姿をしばらく眺めて、眩《まぶ》しさに目を細め、それから七緒はチノパンの尻をパンと叩いた。

緑に囲まれた広い庭を、ブラブラと歩く。少し歩くとすぐに汗がにじんだ。

庭の南の隅、ちょうど七緒の部屋のすぐ下に緑の葉っぱのうさぎがちょこんと座っていた。まるで七緒の部屋を見上げるような格好で、長い耳をピンと立てて。

ツゲの木で、昴が初めて作ったトピアリーだ。

どんな季節の最中でも、このうさぎを見る自分は、あの真冬の雪の日にたたずんでいる。

八歳の冬で、白い雪が降っていた。この土地ではめずらしいほどの大雪に、寒くて、朝は喘息の発作で目が覚めた。ステロイドに、吸入器。おきまりの最悪の気分で、発作が治まっても少し泣いていた。

外に出ることも雪で遊ぶことも当然できずに、部屋のベッドからぼんやりと降り続く粉雪を眺めていた。枕もとには、母親がこしらえてくれた温かいココアが置いてあった。

ふいに、窓を小石の音が叩いた。

ナナオ。

身を乗り出して庭を覗き込むと、あの日の、十五の昴がそこで手を振っている。

雪が、真っ白な雪が降っている。それなのに空は奇妙に吸い込まれそうに青い色をしていた。

七緒、ほらうさぎ。

白い雪をかぶったツゲは、本当にうさぎだった。どこかぎこちない、けれど丁寧に刈り込まれたうさぎの形をしたツゲは、右耳だけほんの少し長かった。

その白いうさぎと昴の笑顔に、理由もわからず、カアッと胸が熱く痛くなった。喘息の発作じゃないのはわかっている。目の奥がつんと痛くて、七緒はわざと昴を睨《にら》んだ。

右の耳、長いよ。へたくそ。

言うと、昴はまじまじとトピアリーを見上げて、そして声をたてて笑った。優しい、明るい笑い顔だった。

ありがとうって、あのときの俺はちゃんと言えただろうか。

昴に教えられた通りにツゲの葉を丁寧に見て、枝と根もと、土の具合にも触れてみる。昴が根気強く世話をしているから、瀬里の庭木には活気があった。

咳《せ》き込む背中をさすってくれた、昴のてのひらの優しい温度を今でも思い出す。

「……ほんと、面倒見いいんだからよ」

七緒の部屋の窓辺には、吊るしたハンギングのイングリッシュ・ホーリーが揺れている。ずっと以前に昴がこしらえてくれたものだ。

「疲れたときは、自然の中でぼーっとするといいんだ。植物は人の心を癒してくれるものだから」

昴に言われると、妙に説得力があった。星の名前を持つ青年と、自然との不思議な調和。

イングリッシュ・ホーリーもうさぎのトピアリーも、でも結局七緒の心を癒したのは植物じゃなかったけれど。

受験生の毎日は、学校でも夏休みでも、勉強という規則にくくられ境目がない。

学校には遊ぶ友達もいて、笑ったり怒ったり、勉強はそんなに好きじゃないけれどそれなりにやっていけている。普通の受験生だ。それなのに、味気ない食べ物を無為《むい》に摂《と》り続けるような、そんな虚《むな》しさがいつもよりそった。

ときには徹底的にひとりになりたくて、ときには無性に誰かと触れたくてしょうがない。触れてくれるんだったら、それは誰でもかまわない。クラスメイトでも、名前も知らない遊び友達でも、見知らぬ他人だって同じだった。

「本当に触れたことがないからだよ」いつか聡がそんな自分に言った。

「誰に触れても、本当に触れたことがないから淋しいんだ」

そのときは、そうかなと思って七緒は聞いていただけだ。

触れたいことに、そんなにいろいろ理由がいるんだろうか。

ただ、触れたいと思う。その感覚だけは純粋でゆがみがなくて、なにも着飾る必要はない。

遊ぶ友達はたくさんいたほうがいい。そして、できるだけ嘘が多いほうがいい。

そのほうが、優しい。

その日の予備校は午前中がテストで、午後は授業はなかった。予備校の空き教室は生徒の自習用に開放されているが、七緒は一度も利用したことはない。

予備校に通うのは、高校でつき合いのある友人の中でも比較的『マジメ』と言われている数人だ。ほかの連中は、七緒の予備校通いをめずらしい生きものを見る目つきで見ている。七緒が行くならと女友達も数人夏期講習に申し込んだが、最初の一週間で堅苦しさに閉口したようだった。終わりの見えない勉強という名の檻《おり》が、怖かったのかもしれないし、単に飽きたのかもしれない。

テストが終わり教室から吐き出された生徒たちで、玄関のロビーはごった返していた。参考書を広げていっせいに答えあわせを始める、誰もがみな同じ顔つきをしていて区別がつかない。

七緒たちは、定位置の入り口の階段に適当に座っていた。ひとりが教科書のページを繰りながらため息をつく。七緒の隣のクラスの手塚《てづか》で、夏の間だけ髪に金のブリーチを入れている、背の高いがっしりした体軀《たいく》の青年だ。

「うわ、やべえよ。俺、やっぱ日本史にすりゃよかった。今日の世界史、最悪」

「だから、二年のとき言ったじゃん。日本人だから、そりゃやっぱ日本の歴史でしょう」

隣でケラケラ笑うのは、クラスメイトの賀田《かだ》だ。七緒と同じ県外の大学を志望している彼は、ジャニーズ系の甘い顔立ちで女子に人気がある。性格もさっぱりして明るい。手塚も賀田も中学時代からの友達だった。

「日本史だって難しかったって。賀田、よけいなこと言ってんじゃねーよ」

軽口にますます落ち込む手塚に、七緒は賀田の鼻をきゅっとつまんだ。賀田がおおげさに悲鳴をあげる。膝を抱えた手塚が、腕に顔を埋《うず》めてまた深い息を吐いた。

「何で、こう毎日暑いんだろうな。うっとうしい……」

「夏だぜ。当たり前だろ」

そっけない相槌《あいづち》を打つ賀田の表情も、手塚と同じ焦燥を浮かべていた。どこにいても、見えない枷《かせ》に両手ごと繋《つな》がれている気分だ。受験という憂鬱《ゆううつ》な儀式を終えなければ、この重たい枷は外れない。

夏の眩《くら》みそうな陽射しと、蟬の声。足もとに濃い影が落ちる。入道雲を見上げて、道行く人を言葉もなく眺めた。きっと今の俺たちは、世界中で一番不幸ですって顔をしてるんだろうと七緒は思う。

「早く、春になんねーかな」

ポツリと言った手塚の言葉が、七緒の胸に沁《し》みた。

桜の花の咲く季節、自分はどこにいるんだろう。どんな服を着て、誰に微笑み、どんなふうに生きているんだろう。

そして、昴は？

そこで、七緒の未来はいつも立ち止まる。ぼんやり手もとに視線を落としていると、うつむいた七緒をどう思ったのか、賀田が空元《から》気の大きな声で言った。

「それよりさ、これからどうする？　あちぃし、ゲーセンでも行く？」

「腹減ったよ。メシ食おうぜ、メシ」

賀田は缶ジュースを一気に飲み干して、階段の下のゴミ箱に放り投げる。手塚も顔を上げた。

「瀬里は？」

腕時計を見てから、七緒はジュースの紙パックをてのひらでくしゃりと潰《つぶ》した。

「ンー……。家には帰りたくないから、俺ちょっとブラブラしていく」

中学時代からつき合いがあるふたりは、彌生が事故死して以来、七緒の家が少し複雑なのを知っている。だから不用意に家の事情に立ち入ろうとはしない。

「避難場所、呼び出しちゃえば？　で、ついでに旨《うま》いもんでも奢《おご》ってもらうとか」

七緒が話す年上の従兄弟の印象は、賀田たちにとってそう映るのだろう。わざとからかうように、彼らは昴のことを『七緒の避難場所』と表現する。

「そうそう。あの、ちょっといい男。従兄弟だっけ。いいよなあ、設計技師か、建築家だっけ？」

「ランドスケープアーキテクト」

「それ。何か格好いい響きだよなあ。ちくしょういいよな、モテまくりって感じ」

言いながら終《しま》いには本気で悔しがる賀田の額を「バーカ」と笑いながら小突いて、七緒は立ち上がった。

「んじゃな。また、明日」

「おお。バイバイ」

紙パックをゴミ箱に放り込むと、七緒はバス停に向かった。後ろで、女の話題で盛り上がる賀田たちの声を聞いて、少し元気をとりもどした。

アスファルトから、むせるような熱気が立ち昇る。スニーカーの底がじりじり熱い。

夏日が五日続いていた。


予備校の前のバス停から、八つ分の停車場で七緒はバスを降りた。

子どもの頃から、よく訪ねた建物だ。二年前に改築して現代風の最新設備も完備した。昴たちとも何度も来たし、彌生や、聡とふたりで来たこともある。新しくなってからのここは、彌生は知らない。

目当ては四階のプラネタリウムで、七緒はホールの外で係の若い男を捕まえた。

「すいません。次の上映って、何時からですか？」

「一時半です」

今日は混雑してるから早めに席に着いたほうがいいよ、と顔なじみの彼はこっそり教えてくれた。

うなずいて、長い廊下をブラブラ歩いていく。時間まで三十分近くあった。

科学会館の夏休みは、毎日子どもたちがいっぱいで混雑している。ここには工作ロボットや実験コーナーもあるので、機械好きの最近の子どもで夏休みは特ににぎわうらしい。

七緒は四階の天文コーナーにしか来ない。プラネタリウムがあって、一日六回の星の説明会が開かれている。エアコンはきいているし、料金も安い。金がなくてヒマだけがあるとき、七緒はひとりでここに来た。

周りを見回しても、せいぜい中学生までか、カップルしかいない。なにより、階下の騒音もここまでは届かない。

廊下の隅に申し訳程度にこしらえてある喫煙コーナーで、七緒は灰皿の前のソファに座った。鞄からくしゃくしゃの煙草を取り出すと、マイルドセブンに百円ライターで火をつける。

制服じゃない、でも自分がいくつに見えるかはわからない。二十歳はやっぱ無理かなと、少しドキドキしながら煙を吐き出す。誰も自分を知らない場所でしか悪さができない自分は、大人から見ればイキがる子どもに映るんだろう。それでも、やみくもに規則やルールを破ってみたかった。受験生という束縛への、それがささやかで精一杯の反抗かもしれない。

味のしない不味《まず》い煙草をくゆらせていると、男がひとり、七緒の隣に立って煙草に火をつけた。機械的に煙を吐き出す様子はやはり不味そうで、それを七緒は黙って横目で眺める。

七緒の目線は、男の恐ろしく高価そうなブランドもののネクタイの位置だった。しばらく男のネクタイばかり見て、そして飽きると煙草を灰皿に押しつけてさっさと立ち上がる。

『さてと、行くか』

一時十分過ぎ。プラネタリウムが上映されるホールに入ると、まだ人はまばらだった。座席をぐるりと見回して、すぐに七緒はあれ、と思った。右手の奥に、何人かが固まって立っている。

「どうしてくれるのって、言ってんの！　あんたたち、親は？」

ヒステリックな叫び声は、怒りのためかかすれて語尾が裏返った。小学生くらいの少年ふたりの正面で、若い女がなにか怒鳴りつけている。

「だから、すいませんって言ってんじゃん、さっきから」

「それで済むと思ってんの？　いくらだと思ってるのよ、これ」

注意深く様子を見ていると、女は自分のブランドもののハンドバッグをしきりと少年たちに誇示していた。右手には紙コップを持っている。女の飲み物らしい。

「親に電話しなさいよ、ほら早く。弁償してもらうから」

バッグの中から携帯電話を取り出して、女は少年たちに突きつける。すらりと痩せて背の高い、本来は美しいであろう女の顔立ちは、今は怒りと興奮でみにくくゆがんで見えた。流行の真っ赤な口紅と花柄の上品な白いワンピースが、ひどく安っぽく感じる。携帯電話を握る女の指先がブルブルと震えているのが、七緒からもはっきり見えた。

おおかた、立ってコーヒーでも飲んでいた彼女に、少年のどちらかがぶつかるかしたのだろう。白いバッグに、薄い黒い染みが広がっている。

「ほら、早くっ！」

女の剣幕に呑《の》まれてすくんで、少年たちは動けない。自分を襲った突然の災厄を理解できず、ただおどおどと視線を泳がせている。圧倒的で一方的なその状況は、見ている者を不快にさせた。

「早くかけなさいってば……」

「ちょっと待てよ、おねーさん」

唐突に割って入った声に、三人はハッと七緒を見た。振り返った女の険しい表情が滑稽で、醒めた気持ちで、女とバッグと携帯電話に視線をめぐらせる。

「大人げないんじゃないの、子ども相手にさ。それに、このホール内は飲食禁止だぜ？　あんなにでっかく書いてあるの、読めないわけじゃないだろ？」

柱に貼ってある『ホール内飲食厳禁』のプレートを指さす七緒に、少なくとも彼が自分たちの味方であると感じたのか、少年たちはすがるまなざしで七緒を見上げる。

女は突然乱入してきた「正義の味方」を、信じられないものを見るように、ちょっと異様な目つきでじっと見つめてきた。黒い瞳は、白い顔にぽっかりあいた濁った穴みたいだった。

うわ、一番嫌なタイプの女だ。生理的に無理、ダメだと七緒は思った。

「……なによ、何なのあんた。あんたには関係ないでしょ」

「関係はないけど。ぶつかったんだか知らないけどさ、こいつらだって悪いとは思うよ。けど、じゃあ、こんなガキがいっぱいいるとこで、立ったままコーヒー飲んでたあんたは一ミリも悪くないわけ？」

「……あたしが悪いって言いたいわけ？」

女の表情が一層険しくなる。薄暗い蛍光灯の下で、その顔は奇妙に白くどんどんゆがんでいく。見てはいけないものを見せられている、そんな嫌な気持ちが七緒の胸を這《は》う。

ただ女の怒りが理不尽に見えたからで、べつに正義漢ぶったわけじゃない。けれど、もう七緒は後悔していた。この女の顔をあと一分でも見るのは耐えられない。

「どうした」

男の、かすれたバリトン。背中からの声に七緒が振り返るより早く、女の表情がぱっと輝いた。

「ハルナ！」

七緒を押しのけて、女の白い腕が男の腕に絡む。派手なネクタイの柄に、さっき自分の隣で煙草を吸っていた男だとすぐにわかった。ハルナと呼ばれたその男は、女を見て、それから少年たちを、そして最後にゆっくりと七緒を見た。そのまま七緒の顔にぴたりと視線が止まる。

「……なに。何かあったの？」

「この子たちがあたしにぶつかってきたの。それでコーヒーがこぼれちゃって、バッグに……」

「ありゃりゃ」

高価なブランドバッグの惨状を見て、それから男はさもオーバーに目を見張る。興奮している女は気づかないが、男の声にはかすかに楽しげな響きがひそんでいた。七緒は眉をひそめる。

「もう、最低。子どもだからって、こんなことしても許されると思ってんのよ」

「……あんた」心の底からうんざりして、七緒は男の顔を見た。

「自分の彼女に教えてやりなよ。このホールは飲食禁止だって。俺は法律とかはわかんないけど、訴えたとしたって、そのバッグの代金はこいつらには弁償してもらえないと思うぜ？」

男は二、三度ゆっくりとまばたきをして、そうして不思議な瞳で七緒を見つめた。

真正面から見ると、身なりもきちんとしていて、ひどく整った顔立ちの男だった。糊《のり》のきいた半袖のシャツもプレスしたズボンも清潔なのに、それなのに、どこかまともじゃない昏《くら》く頽《くずお》れた色気を感じさせる。水商売関係かもと、七緒は一瞬ヒヤリとした。面倒はご免だ。

男は薄い唇を少し上げた。女の肩に手を回すと、その耳もとでバリトンが優しくささやく。

「許してやれよ、それくらい。俺がまた新しいの買ってやるから」

「ほんと、ハルナ？」

うなずく男の腰に蔦《つた》のように腕を絡め、女が頰を紅潮させうっとりと微笑む。彼女の機嫌を窺《うかが》うかたわらで、ハルナと呼ばれた男は立ち尽くす少年たちに『行っていい』と目配せをした。少年たちは七緒に小さく頭を下げると、急いで魔女のもとから走り去った。

不愉快な女との諍《いさか》いは、星を見る気分を七緒からごっそり削《そ》いでいた。しらけた空気に、七緒は男たちにさっさと背を向けてホールを出るとエレベーターに向かう。リノリウムの床をスニーカーの踵でひとつ蹴った。

もう今日は家に帰ろう。昴は仕事場にいるかもしれないから、少しでもいい、顔を見たい。

「ちょっと、待て」

建物を出て歩いていると、後ろから追いかけてくる声があった。ウォークマンのヘッドホンを立ち止まらずにはめて、早足になる。七緒が再生ボタンを押すより、男の声が一瞬早かった。

「その、グレーのシャツ着たおにーちゃん！　待ってくれよ」

なりふりかまわない大声に、仕方なく立ち止まる。歩道の真ん中で振り返って、七緒たちを眺めていく通行人の合間にたたずんだ七緒は、走ってくる男を睨みつけた。

「それ、俺のこと？」

「そう、おまえ」

派手なネクタイが、胸を喘《あえ》がせるたびに揺れる。七緒の正面に立ったハルナは、息を切らして、真昼の明るい陽射しの下ではごく普通の青年に見えた。ずいぶん背が高い。昴と同じくらいだろうか。

彼は七緒に向かって、まるで握手をするかのような、手をさしのべる気軽さで朗らかに笑いかけた。

「さっきは、すまなかったな。俺の連れのせいで嫌な思いをさせて」

「……べつに。俺には、関係ないから」

「そう？」と男は、ぞんざいな七緒の態度に気分を害するふうもなく肩をすくめた。

彼と話すのが億劫《おっくう》で、七緒は鞄の中のウォークマンのスイッチをさりげなく入れようとした。その腕を、唐突に男の左手がつかむ。ハッと腕を引こうとした七緒の手首を、強い力が拘束した。

「おまえさ、どこかで会わなかった？」

「え……？」唖然として、七緒は男の顔を見上げた。

男の鳶色《とびいろ》の髪と瞳。肌も、あちこちの色素が薄い。どこか外国の血を感じさせる美貌だ。

陽気で快活な物言いをするのに、七緒を見つめてくる瞳は酷薄で冷たい。手首をつかんだ指先だけが火のように熱くて、それが無機質に整った男の印象とちぐはぐに感じた。

「俺、高塔榛名《たかとうはるな》」

タカトウハルナ。早口で名乗った男は、どこまで本気でどこからがそうじゃないのか、ただ口調は至極真面目で淡々としている。やっぱり、こいつヤクザかも。目の前の男が急に気味悪く見えて、七緒はその手を強く振りはらった。

「なに言ってんだよ。会ったことなんてあるかよ」

「なあ、ほんとに会ったことない？　ああ、名前、なんていうの？」

「あんた、おかしいんじゃないの？」

震える指でウォークマンの画面を探る。最大のボリュームで、音楽が流れ出した。

「俺の姉貴がよく言ってた。男の価値は、連れてる女で決まるって」

男がなにか唇を動かす。聞こえない。もう一度自分に伸びてきた男の指を七緒はぴしゃりと叩き落として、思いきり叫んだ。自分の声も聞こえなかった。

「だから、俺に触るなってば！　あんたに触られたら、俺まで腐っちまう」

ポカンと目を見開いたハンサムな男の間抜けな面《ツラ》に、彼の表情が動いたことにホッとして、少しだけ胸がスッとした。強がりに気づかれない間にもう一度男を睨んでから、七緒はさっと踵《きびす》を返す。雑踏の中、走るように歩き出した。

額の汗をぬぐい、耳鳴りのように響くヘッドホンの洋楽を聴きながら、途中の自販機で水を買った。水をガブガブ飲んで、震える息をゆっくりと吐き出す。

何て不可思議で、でも、美しい男だったんだろう。

つかまれた手首が、チリチリと刺すように痛む。無意識に何度もそこを指先でこすった。

そうして、それから七緒は一度も振り返らずにひたすらに歩き続けた。

もう、男が追いかけてくる気配はなかった。

朝起きると、部屋の窓から見える空は澄んでいた。

何だろう。哀しい気分で目覚めて、それから下におりた。台所が妙に白っぽく明るくて、その優しい陽射しの中に彌生が立っている。きれいに三ツ編みしたやわらかい髪と、うなじの後れ毛がきらきらと光って見えた。

彌生はなにか小さな声で鼻歌を唄って、そのメロディはたしかに聴いたことがあるのに、どうしても七緒には思い出せない。

彌生は淡い色のセーターを着ている。台所の窓の向こうに、庭の花水木の白い花が揺れていた。ああ、春なんだと七緒はぼんやり思った。

なに、作ってんの？

かぼちゃの味噌汁《みそしる》よと、彌生は振り返らずに答えた。

今日は母さん出かけるから、あたしが仕度するの。ナオ、好きでしょう。

フーンとうなずいて、七緒はダイニングの椅子《いす》に座る。ちょうど彌生の背中が見えた。

学ランの詰襟が窮屈で気になって、中学生の七緒は何度も指でゆるめる。そして、どうしてだか七緒はふいにこんなことを聞いていた。

彌生はさ、昴と結婚するんだよね。

鍋が煮立つ、くつくつと優しい音がする。七緒と変わらないくらい背の高い、痩せた彌生の後ろ姿。

そんなの、わかんないよ。彌生は、透き通る涼しい声で笑った。狭い台所のあちこちのガラスに触れて、それは軽やかな音を響かせる。

でも、昴のこと好きなんだろ？

うん。うなずいて、彌生は少し考え込んだ。

でもそれは、恋愛じゃないかもね。と、思慮深く彌生は続けた。

昴じゃなきゃダメだっていうのじゃなくて、あたしは昴だったらいいなって思うの。昴となら、きっと幸福に暮らしていける。あたしも、みんなも。

その瞬間、嘘だ違うと強く七緒は思った。とっさの衝動のように反発が突き上げた。

「だって、俺は、俺なら、昴じゃなきゃいらないって……！」

自分の言葉の語尾が、何と言ったのかよく聞き取れなかった。

彌生が、女らしい仕草でことりと小首を傾げる。そうだねと言ったのか、そうじゃないよと言ったのか。窓の外の花水木に触れるように伸ばした彌生の指先の、その白い色がポツンと胸に残った。


今度目が覚めたのは、蒸すような暑さのせいだった。

くしゃくしゃになったシーツに仰向《あおむ》けになったまま、クリーム色の天井をぼんやり見上げる。眩しい陽射しが、足もとまで差し込んできていた。

「……あ、れ」

まだ、胸の中は無性に淋しい海をただよっている。まばたきをすると、こめかみに涙が一筋つたった。

「……ユメ？」

たった今彌生と交わした言葉を、忘れないために懸命に、ひとつずつ思い出す。すぐに曖《あい》昧《まい》に溶けて消えていってしまう夢の記憶がくやしい。

彌生がかぼちゃの味噌汁を作ったことも、自分が姉に昴との恋の質問をしたことも実際は一度もない。だから今の会話は夢での物語なんだとわかっていても、ひどく手触りの薄い現実に思えて仕方なかった。

彌生の白い指先。その儚い甘さと哀しい気持ちを胸に抱いたまま、のろのろと起き上がり、適当に服を着替え一階へおりていく。もうとっくに陽は高くなっていた。普段なら母親が起こしにくるはずだ。

朗らかで、取り柄は料理くらいの母親。厳格で面白味はないけれど、誠実な父親。優しい長女と生意気な長男と、絵に描いたように平凡で慎《つつ》ましい、そんな幸せなはずの家庭だった。

ほんの少し以前なら、居間のソファに寝そべった彌生がテレビを見て、大学での講義や出来事を七緒に話してくれた。笑うと、右頬にえくぼが浮かぶ。彌生という花は、この家に暖かい灯をともしていた。

華やぎを失くした古い家は、薄暗く、輪郭がはっきりしない。誰も、ここでは生きてない。人並みに家族を愛してはいるけれど、七緒にとって、なにかに縛られるような生活は苦痛だった。たがいに臆病になり、気づかい、顔色を窺いあう。息苦しさが喉を締めつけ、酸欠になりそうだ。

廊下から覗く庭先に、濃い群青の朝顔の花が咲いていた。気持ちにスッと沁みるその青は、生きている自然のあざやかな色だ。その元気な姿を少し眺めて、七緒は台所へと向かった。昼の仕度をしているのだろう、物音と人の気配がした。

「母さん、廊下、ミシミシいうよ……」

流しに立つ後ろ姿に、七緒はフッと口をつぐんだ。中途半端に伸びた髪を後ろで留めた昴が、ひょいと七緒を振り返った。「七緒?」と彼は言った。

「おまえね、いつまで寝てんだよ。夏休みだからって、もう十一時だぜ」

「す、ばる……?」

エアコンの届かない台所は熱気がこもっていて、昴の向こうの湯気が窓ガラスを薄く曇らせている。額から首から汗をにじませた昴は、気後れする七緒に頓着するでもなく、まるで瀬里の家の住人のような涼しい顔でそこにいた。

「何で、昴がうちの台所にいるんだよ?」

鍋から汁をすくって、昴は七緒に「はい、味見」と小皿を差し出す。自然に受け取り、口をつけた。

「郁子叔母さん、うちの母親と出かけてる。歌舞伎見に行くって」

味噌汁は熱くてほのかに甘い味がした。

「旨いよ。甘いけど、なにこれ？」

「かぼちゃ。あと、しめじとまいたけと、キノコごちゃごちゃいれた」

「へ……」

ポカンと、七緒は昴を見つめた。

「これ、夢？」

さっきの夢の続きで、目の前の昴が彌生みたいに消えてしまったらどうしよう。急に怖くなった七緒は、昴の腕にとっさに手を伸ばして、ためらい、やがて遠慮がちにシャツの裾をつまんだ。昴は、呆れたように従兄弟の指先を見下ろす。

「七緒？　どうしたんだよ、まだ寝惚《ねぼ》けてんのか？」

「ううん……」

夢じゃない、昴はここにいる。七緒は力が抜けてストンと椅子に収まった。

現実なのに夢にそっくりで、もしかして、昴と俺、回路が通じてるのかもしれないと思った。

「……で。何で、昴がメシ作ってんの」

「俺も今、ひとりなんだよ。親父はクライアントの打ち合わせで現場だし、聡は朝から泳ぎに行っちまって。郁子叔母さんに、おまえのメシの面倒見てくれって頼まれた」

「フーン……」

「俺も、ひとりでメシ食うの味気ないし。一緒に食ってくれよ」

さらりと言われたから、七緒も素直に「うん」とうなずいていた。昴とふたりでごはん。しかも昴の手作り。突然の展開に、緊張やらうれしいやら、恋する胸の内は忙しく複雑だ。テーブルの下で裸足の踵をごしとこすりあわせる。

昴は、いつも通りの昴だった。勝手知ったる瀬里家の台所で、味噌汁や卵巻を手際よくこしらえ、アジの開きまで焼いている。いつでも嫁にいけるよと胸でこっそりつぶやいて、七緒は食器棚からふたり分のお椀《わん》と箸を取り出す。

「けどさ、この暑いのに何で味噌汁なんだよ？　そうめんとか、冷やし中華とか……」

窓を大きく開け放した昴の背中に、七緒がぼやく。昴はチラリと七緒を横目で見て、「暑いときには熱いもん」とだけ言った。「はいはい」といい加減にうなずき、それから七緒は、何となくカウンター越しに昴を見ていた。

流しの開いた窓から、白い花が揺れているのが覗いた。名前も知らない花は夢で見た花水木に似て、ちょうど昴の肩のあたりに留まる格好で、肩に花が咲いているように見える。

そよそよとそよぐ白い花と、広い昴の背中。子どもの頃から追い続けた従兄弟は、いつの間にかすっかり大人の男になっていて、昔より少し痩せた肩の感じが切なかった。

子どもの頃の自分は、もっと簡単にこのひとに触れることができた。

なにも考えずに、見つめて、ただ優しい言葉に耳を澄ましていればよかった。

昴の黒いエプロンのリボンが、首の後ろでちぐはぐに結ばれている。建築の仕事もしている指先は精緻なパースを描くし、料理も得意で器用な男のはずなのに、どこかバランスが悪い。

「昴。ひも」

指を伸ばしてきちんと結び直すと、昴は小さく「ああ」とか「うん」とかつぶやいた。

それからテーブルに座って脚をブラブラさせていた行儀悪い七緒は、カウンターに置かれたガラスのボウルの中に濃い藍色の丸い実を見つけた。作り物めいた美しい色に、流しの奥に立つ昴に大きな声で「昴、これ葡萄《ぶどう》？　ブルーベリー？」と聞いた。

昴は振り返って、「なに？」とカウンター越しに七緒へと身を乗り出す。

「ああ、ブルーベリーだよ。ほら、うちの庭の」

「冬に植えてたやつ？　もう、食べられるんだ？」

水滴が瑞々《みずみず》しい、自然の色をぎゅっと凝縮したブルーベリーの実。ボウルを七緒が指ではじくと、涼しい音が響いた。

昴の指が、その藍色のひとつをひょいとつまんだ。

「もう熟してるから、食えるぜ。結構実つけたんで、タルトとジャムにしようかと思ってさ」

ブルーベリーのタルトと、ヨーグルトやパンに合わせるジャム。どちらも七緒の好物だった。

「甘い？」

目を輝かせて身を乗り出し、手もとにクンと鼻を寄せる七緒に、昴は笑った。

「食ってみろよ」

「へ……？」

なにげなく言われた言葉に、七緒は昴の瞳を一度見て、瞬きをした。コクリと唾を呑む。

「……食う」

ブルーベリーの実に唇を寄せると、昴の指に七緒の舌が触れた。昴の笑いがふとかき消える。

七緒はたまらず目を閉じる。初めて知った。食欲は、唐突な性欲に似てる。

熱に浮かされた心地で、そのまま七緒は昴の指ごとそっと実を口にふくんだ。舌が節くれだった指の腹に触れて、つま先にきゅっと切なく力が入る。昴の指が感電したようにびくりと強張《こわば》ったのが、舌でわかった。

固い実を噛《か》むと、甘酸っぱい味が口の中いっぱいに広がる。あふれた果汁が、唇の端をつたって顎へ垂れていく。

自分のシャツの胸もとが、右肩だけ大きくずれて肌が見えるのに七緒は気づいていた。喉のライン、痩せた形の綺麗な鎖骨。食べものを咀嚼《そしゃく》し飲み込む動きに、食い入るような昴の視線を意識する。

若さが持つ特有の硬質の美しさを、七緒は一方的に昴に見せつける。

昴の指が唇に触れて、七緒は傲慢《ごうまん》にも従順にも、自由にも思える奔放なまなざしで、男を見上げた。

従兄弟の親指とひとさし指は、あふれた果汁で赤紫に染まっていた。七緒の唇の端を親指の腹でぬぐって、昴は、七緒の目の前でその指を舌で舐《な》めた。

「ス、バル……」

ささやいた声は、かすれて、言葉の形になる前に切なく消えた。

果実の色に染まった舌が、ふいにそれだけが生きもののように生々しく、性的な行為のように思えて、七緒はシャツの腹をぎゅっとつかむ。

触れると壊れてしまう、いちばん儚くて、いちばん怖いもの。

「……甘いな」

乾いた昴の声が夏にぽつりと落ちて、七緒は「うん」と小さくうなずいた。

最後に手の甲で自分の唇をぬぐった昴は、エプロンを外して無造作に椅子の背に放った。

前髪を掻き上げる癖を見せる従兄弟は、照れた仕草も怒ったそぶりも見せはしない。

黙り込んだ七緒に、昴はわざと雑に髪をくしゃりと撫《な》でてくれた。

「七緒、漬物、なにがいい？　きゅうりの浅漬けか……、なすびもあったかな」

不自然じゃない話のそらし方と、話題のほどよい距離感。七緒を気づかうようでいて、そこには、純粋じゃない大人の一方的な都合や打算も混じっている。昴のやり方は七緒を少し哀しくさせたけれど、仕方ないやと思った。この、時々不器用になる従兄弟を、困らせたくはなかった。

「なすがいい。ぬか漬け」

ブルーベリーの甘酸っぱい味は、まだ口の中に残っている。

昴の背中を見てそっと舌に触れると、七緒は麦茶の用意をするために、食卓を下りて食器棚からグラスをふたつ取り出した。

それから流しに立つ昴の手もとを覗き込んで「すごいな、昴、主婦みたいだ」と、その器用な包丁さばきに心から感心してみせたり、ジーンズの膝の裏を軽く蹴ったりもしてみた。

「うるさいよ」と昴がうっとうしそうに言うのに、ほっとする。

皮膚以外の部分に昴とのつながりを探したくて、七緒はぎこちなく明るく笑い続ける。

食卓には、味噌汁とエビのチリソース、そして炊き立ての白いご飯が並んだ。湯気の向こうには、勝手に瀬里家の新聞を広げている昴がいて、その向かいには、昴の作った食事を目の前にした自分がいる。

「いただきます」

「……ん」

新聞を読みながら、昴は無言で味噌汁をすする。なにげない日常の光景なのに、へんてこな、不思議な気持ちで七緒は昴と向かい合った。

そういえば、こんなふうに昴とメシ食うのって、どれくらいぶりだろう。

味噌汁の出汁《だし》はちょうどいい加減だし、死ぬほど辛いものが好きな昴なのに、エビチリは七緒好みの食欲をそそる程度の辛さだ。

「かぼちゃ、うまいね」

上の空の昴は、「うん」とか「ああ」とかおざなりな返事をよこす。

テーブルの下で昴の向こうずねを裸足の踵で蹴飛ばすと、昴は新聞を広げたまま、一拍置いてやっぱり足で七緒の膝を蹴り返した。結局膝がぶつかって、昴は新聞をたたむと、たがいに目を合わせて気まずさを溶かす合図にちょっと笑った。

「七緒。今日、これから予備校？」

「ないよ。予備校は月木日は休みだって」

「昼から、なにか予定あるのか？」

「べつに……」眉をひそめた七緒に、昴は言った。

「新しくできた住宅地あったろ。ほら、駅前の今分譲されてるとこ」

「ああ、うん。何とかの杜《もり》とかだったっけ」

「そこのアプローチ見に行こうと思ってるんだけど、おまえも来る？」

「え……」

びっくりして、七緒はぱちくりとまばたきした。従兄弟の端整な顔をまじまじと眺める。

「ついでに、外でメシ食ってこよう。夜までにはおフクロたちも戻ってくるだろうし、俺と出かけるなら叔母さんも心配しないだろ？」

「仕事、は？　ヒマなの？」

「いやいや」と昴は苦笑して、「まあ、今日は親父いないと進められないとこやってるから」と続けた。嘘なのか本当なのかは、昴の笑顔は穏やかでわからなかった。

「親父も、クライアントと一杯飲んでくるはずだし。最新のエクステリア見るのも勉強のひとつ」

もう一度「行く？」と聞いた昴に、七緒はとっさに何度もうなずいた。

「行く、いく！」

昴は口もとでにこりと笑った。本当に、夢の続きかもしれない。昴がこんなふうに自分を誘ってくれることは、どうしてだか二度とないと思っていたから。

時々昴の顔をこっそり見て、それからは七緒も昴も黙って食事を続けた。十分もかからない短い団欒《だんらん》だった。

庭のトピアリーの様子を見てから車を出すという昴に、七緒は念入りに服を選んで、玄関では靴を三足並べて履き比べた。靴箱の上の鏡で髪をチェックしてようやく満足して表に出ると、まだ昴のＢＭＷは見当たらない。

欧米では植物を育てる才能を持つ人間を、『グリーン・サム（緑の親指）』と呼ぶという。七緒のグリーン・サムはまた庭にハマッてるのかもと一瞬思って、まあいいやと日陰にしゃがみこんだ。

昴の指は、自分の心の種に触れるだけできれいな花を咲かせるだろう。きっと。

「……あっち！」

地面に近い視線に、足もとからゆらゆらと陽炎《かげろう》が昇るのが見えた。暑くて死んじまいそうだなと思うのに、その感覚をどこか醒めた他人のように眺める自分もいる。手で触れる日向《ひなた》のコンクリートの火傷《やけど》しそうな熱さ。本物だ。たしかな感触に安堵して、急にバカバカしく思えた。

自分のチノパンの膝頭をじっと見ていると、視界の隅をスーツのズボンが横切った。昴かと思って顔を上げるより早く、「すみません」と声が落ちる。

「あの、ここらに長谷さんって家ありませんかね」

門柱から自分を見ている男に、七緒は眉を寄せた。陽射しが眩しくて目を細める。見覚えのある顔のような気がして、そして「あっ」と小さく声をあげた。相手の男も「あれ」とつぶやき、目をまん丸にした。

そして、無遠慮にずかずかと門をくぐって近づいてくる。

「あんた……」

タカトウ、そう、高塔榛名と名乗った、三日前のあのプラネタリウムの薄気味悪い男だ。たった今まで忘れていた嫌な思い出が、いっぺんによみがえる。

ひょっこり現れた高塔榛名は、今日も派手なネクタイを締め、薄く笑みを頬に浮かべている。彼の存在は七緒にはあまりに唐突で、どこにも現実の匂いがしない。座り込んだまま、七緒は呆然《ぼうぜん》と榛名を見上げるだけだ。

彼は七緒を見て、それから瀬里の表札を見て、またひょいと七緒に視線を戻した。

「瀬里って……。何だよ、おまえ、瀬里彌生の弟か」

甘い声がつづった死んだ姉の名前が、七緒の心臓をヒヤリと撫でる。

彌生？　今こいつ、ヤヨイって言った？

「え……？」

突然飛び出した姉の名前に、七緒は混乱する。不思議な青年は、七緒の顔を真上から覗き込むようにつくづくと眺めた。

「どうりで、会った覚えがあるはずだ」

「……あんた、誰？」

「でも、やっぱり似てないな」

気味の悪いものを見る七緒の目つきに、榛名はニヤニヤ笑って、無言で七緒の前にしゃがみこんだ。七緒のまなざしが可笑《おか》しくてたまらない、そんなふうに目線を合わせて、「なあ」と気のないそぶりで言う。

「それよりさ、俺、長谷昴ン家探してんだよ。近所なんだろ、従兄弟ン家」

いとこのスバル。もう七緒は声も出ない。たとえば幽霊や悪魔とかに出くわしたとき、人間はこんな虚《うつ》ろな気持ちになるのかもしれないと力なく思った。

「で。どこよ、長谷ン家」

「……うちの、裏」

「サンキュ」

それだけ言って、榛名はさっさと立ち上がった。七緒にはもう何の興味も残さないそっけない背中に、七緒はとっさに叫んだ。

「あんた、誰なんだよ。彌生とか昴とか、俺のこととか何で知ってんだ?」

榛名が振り返ったちょうどそのとき、彼の向こうに黒のカブリオレが止まるのが見えた。昴の姿と、榛名の動かない整った横顔。少し七緒を見た榛名の唇が「ナナオ」と自分の名前をつぶやいたように見えた。車から降りてくる昴に、榛名は「よお、ひさしぶり」と気安く手を挙げる。

思いがけない男の姿に、昴は一瞬立ち止まり、ポカンとした。

「二年ぶりかよ、長谷。なに、髪なんか伸ばしてんの？　相変わらず優男《やさおとこ》だね」

「……え、高塔？」

「タカトウじゃねーよ。おまえ、何遍電話したと思ってんだあ？」

昴と変わらない長身の青年は、親しげに昴の首に腕を回して締め上げる真似をする。

「メールも無視だし、番号変えたのかと思って何人かに聞いたけど、誰も新しい番号とかは知らないし。もう直接来るしかないだろうが」

「あ……」

昴は自分の胸ポケットに触れる。彼はいつもそこに携帯を入れていた。

「わ……るい、ちょっと仕事がさ、考えまとまんなくて……、昨日は携帯シャットアウトしてた」

「はあ？　社会人として、そんな言い訳が通用すると思ってんのか？　つか、てめえ、俺のこと舐めてる？」

口調とは裏腹に、榛名はうきうきと楽しそうだ。昴を責める目が、もう笑っている。

「ごめん、悪かった。ほんとすまん。けど、おまえの方もこの前の電話のときは、ニューヨークだって言ってたよな？　いつ帰って来たんだよ？」

「五日前かな」と悪びれずあっさり言われ、昴は呆れたように榛名を見る。榛名は軽く肩をすくめた。

「店のインテリアは自分で実際に見ないと、決められないし。ああ、それで、今から伯父貴《おじき》の事務所に来てくれるか？　直接おまえに会って話詰めたいことがあるらしい」

「今から？」

昴の目が、榛名を通り越して自分を見る。ふたりの会話と様子で、高塔榛名が昴の友人で仕事相手であるらしいことを察した七緒は、軽く手を挙げて「いいよ」と言った。

「仕事なら、仕方ないじゃん。行ってきなよ」

七緒の物言いに、昴は少し黙り込む。聞き分けのいい七緒に一瞬ゆがんだ表情は、けれどなにかをつたえる前に、いつもの従兄弟の顔へと落ち着いた。

「……悪い、七緒」

「いつか、埋め合わせしろよな」

結局、俺と昴はこうなってしまうんだ。曖昧な期待の言葉に自分で笑って、挙げた手をひらひらと振った。

榛名は興味深げに昴と七緒の顔を交互に見て、それから昴に小声で言う。

「長谷。俺、車で来てるんだ。一緒にそれで行ってくれるか」

榛名の言葉に軽くうなずき、昴はもう一度だけ七緒を見た。笑って舌を出すと、昴も少し笑った。

エンジンの音と、走り去る車の気配。立ったままの榛名は、ポケットから煙草を探り、一本火をつけた。

じりじりと灼《や》けつく暑さが汗をにじませ、七緒は額を何度もぬぐう。榛名の顔を見ずに言った。

「……あんた、昴の友達？」

「今は、仕事の相手でもあるけど」

七緒が聞きたいことがわかっているくせに、はぐらかしてばかりの榛名の物言いに、七緒はこぶしをコンクリートに叩きつけた。鈍い音に榛名はヒュウと口笛を吹く。

「結構激しいね。クールな顔してんのに」

「彌生のことまで、何で知ってんだよ？」

「俺としゃべると、腐っちまうんじゃなかったっけ？」

自分の言った言葉に責任が生まれた瞬間を、七緒ははっきりと自覚した。

昴の、仕事の相手。見知らぬ男に投げかけたはずの言葉が、七緒に重く跳ね返ってくる。

榛名はわずらわしそうにズボンのポケットから名刺入れを取り出した。一枚引き抜くと、七緒に向かって急に「書くもの、なんか持ってない？」と聞く。

「へ……？」

「シャーペンでも、何でも。書ければ何でもいいから」

言われて、七緒は自分のバッグを探った。ボールペンが転がり落ちて、それを榛名に手渡す。

榛名は名刺の裏になにかを走り書くと、それを「はい」と七緒に差し出した。

「その番号に、電話して。俺の私用の携帯だから」

「え？」

「気が向いたらでいい。俺も、気が向いたら話すかもしれない」

訳のわからない曖昧な言葉ばかりを話す榛名に、七緒は一方的に差し出された名刺を自然と受け取っていた。手書きのそれが、ひどく新鮮で特別な番号に思える。

並んだ数字を指が無意識になぞる間に、榛名はさらりと名前を呼んだ。

「ナナオは健気《けなげ》だな」

こいつ、やっぱり俺の名前知ってる。

「ちょっと感動したね」

つぶやいた榛名の横顔をまぼろしみたいな気持ちで見上げると、最後に彼は笑ったように見えた。唇の形が思いがけずやわらかく優しくて、逆光で目を細めた七緒に、彼はさっさと背を向けて門の向こうへ消えていく。

派手なネクタイの柄が、チカチカと視界に飛んでいる。

何だろう、今の。夢かな。

真夏が見せた悪いまぼろしのように、胸の奥が冷えて気持ち悪い。なにもかもが突然で突拍子もない出来事に思えて、七緒は榛名の姿が消えた門の向こうを息をひそめてじっと眺めた。

暑さのせいじゃない。名刺が残ったてのひらに、嫌な汗をかいていた。

チョークが黒板に当たる無機質な音と、規則正しい筆記用具の動き。

勉強という檻に閉じ込められた受験生の囚人たちは、誰も無言でノートを取っている。

予備校の夏期講習も、もう五日以上通っている。

同じ年頃の学生たちの群れがいて、制服を着ていなくても、秩序という名のルールにがんじがらめに縛られている。ピリピリした緊張感が張りめぐらされていた。

窓の外の遠い青空を眺めて、緑が欲しいなと、ふと七緒は思った。昴みたいな緑の匂いを嗅いで、星を見る。余分なものはなにもない、そんなシンプルでささやかな生活でいい。

昴を好きだと強く想う、その気持ちだけが七緒にとって本物だ。嘘も濁りもない、たったひとつの想いがあれば、ほかのなにがなくとも人間は生きていけるのかもしれなかった。

シャーペンをノートの上に転がすと、七緒はポケットを探る。端の折れた名刺を取り出した。

肩書きはオフィス・タカトウの〝イメージコンサルタント〟。住所はオフィスのものしか記載されていない、会社用の名刺だ。

高塔榛名がどういう素性の男なのかはわからない。わかるのは、昴の友人で、彌生や自分のことも知っていて、そしてなにより昴の大切な仕事の関係者だということ。

なにもかもが曖昧で、ぼんやりした輪郭の男だ。七緒は名刺を窓の陽に透かしてみる。

昨日、夕方には帰宅していた昴と、庭で会った。几帳面に約束を反故《ほご》にした詫びをくりかえす昴の顔は、夕暮れに少し儚い感じがして、胸が痛んだ。

ふたつの家の境にある塀のドアに何となくもたれて、それからは無言で、暮れていく世界をそこからふたり眺めた。結局、高塔榛名のことは怖くて聞けなかった。

「なに、それ」

七緒の隣から、賀田がヒョイと手もとを覗き込む。講義の隙間をひそひそ声がかいくぐった。

「タカトウハルナ？　イメージコンサルタントって、何だよ、イメクラかなんか？　瀬里ってそっち系のオネーサマとも懇意なの？」

「バーカ。イメージコンサルタントっていや、人や建物に合った色とか、トータルにプロデュースしたりする洒落《しゃれ》た仕事でしょ。それに、こいつ男」

「あっそ」性別がわかった途端に、賀田はまた参考書に視線を落とした。

反対側からその名刺をチラリと見た手塚は、視線は黒板から外さないまま「そいつ、何だよ」と聞いた。

「気が向いたら電話してこいって、これもらったんだけど」

「……ンだよ、それ」手塚が露骨に眉をひそめる。

「マジ？　ひょっとして、ホモの援交？」賀田が、ケケと笑う。

下ネタしか思い浮かばないらしい友人に、七緒は肩をすくめた。

「違うだろ。美人連れてたし、昴の友達らしいし」

ただの気まぐれなら無視できる。けれど、昴の仕事相手にひどい言葉を投げつけたのが七緒の心に引っかかっていた。

「スバルって、あの避難場所？　へえ、やっぱりお友達もカタカナ職業なんだねえ」

ぺらぺらとしゃべる賀田は隣の女子生徒に睨まれて、七緒と目を合わせ、また笑った。そして七緒のノートにシャーペンで書き込みをする。

『そいつ、ハンサム？』

『たぶん、昴よりツラはいい。美形』

でも、俺は昴のほうが好みだけどと、七緒は胸でつけくわえた。

七緒の答えに、賀田は机にこぶしを叩きつける真似をして『チクショー』と殴り書きした。半分笑っている。

『妙なのに関わってんじゃねーよ』

むすりと唇を引き結んだ手塚が、七緒のノートにそう書いて指でとんとんとアピールする。

手塚は普段から、七緒の交友関係には別段意見も関心もないらしい。学校ではそれぞれが別の友人とツルんでいるし、ときおり廊下ですれ違う七緒の派手なグループに、「楽しそうだねえ」と呆れた視線を向けるくらいだ。

手塚の髪の金のブリーチと、めずらしいお節介の文字を交互に見て、賀田は今度は声をたてて笑った。そして隣の女子に足を踏まれて、机に突っ伏した。

賀田の様子に笑っていても、七緒の指先は名刺の裏の番号をまた無意識にたどっている。

なにを考えているのかわからない高塔榛名という男の鳶色の瞳と、不思議な言葉を話すあの薄い唇の形を思い浮かべる。

空は晴れていた。三年前に止まった自分の中の夏が、ゆっくりと蠢《うごめ》く気配がする。

唇がひどく乾いて、七緒は何度も舌で湿らせた。

高塔榛名に電話をするには、ほんの少しの勇気とためらいがあった。

怖いことから目が離せない、あのゾクゾクする感じ。あの男と話したらどうなるのか、なにかが変わったり始まったりするのか。うっとうしい好奇心とうまく折り合いがつけられずに、七緒は窓辺のイングリッシュ・ホーリーをふと眺めた。

夏の濃い緑は、安定と癒し。けして甘い言葉はくれない、昴の優しくない優しさ。

緑の葉に触れてみて、窓から庭を見下ろす。うさぎのトピアリーと、夜の庭の塀の向こうには昴の仕事場がある。

気が向いたら話すと、榛名は言った。

昴に聞けばいい。榛名とのつながりと、自分の言動が榛名の心証を害していないか、もしかして仕事に影響はないか、全部話して聞けばたちまち楽になるはずだ。

予備校から帰って、自分の部屋で、七緒は榛名の瞳を思い出していた。ずっとパンツのポケットに突っ込んでいてくしゃくしゃになった名刺と、そして携帯を取り出した。

並んだ数字を機械的にタップして、義務のように携帯を耳に当てる。コールが何回か続いても出る気配はなく、七緒はホッとしたのか残念なのか、そのままぼんやりとコール音を聞いていた。

『……ダレ？』

かすれた低い声がふいに携帯から聞こえて、七緒は一瞬息を呑んだ。

声が出ない。七緒が黙り込んだままでいると、不機嫌な声が続いた。

『ああ？　誰だよ？』

「……あの」喉がカラカラで、七緒は何度も唾を飲み込んだ。

「高塔さん……？」

つかの間黙った携帯の向こうは、あっさり『ナナオ？』と呼んだ。

『ンだよ。今、何時？』

「え……、八時ちょっとすぎ」

『悪《わり》ぃけど』と、少しも悪いとは思わない口調で、榛名は早口で言った。

『俺さあ、さっき寝たばっかなんだ。何だろ、まだ時差ボケかね。明日、ヒマ？』

「は、明日？　ヒマ、だけど……」

予備校は木曜は休みだ。自分のペースで話す榛名に、七緒は考える暇もない。

『おまえ、携帯の番号は？　ああ、ちょっと待って、なにか書くもの……』

電話にひどい雑音が混じった。ガサガサと音がして『あった』とつぶやく。

『何番？』

「履歴」と短く言った七緒に、『へ？』と奇妙な声を出した榛名は、数秒ののちにそれを理解したようだった。

『ああ、履歴見ればいいんだな。そうだよな』

うんうんとうなずく気配に、七緒はぷっと吹き出す。めったに他人には教えない番号だったが、榛名に電話した時点でこうなることはもうわかっていた。

『なら、二時頃迎えに行くから。じゃな』

「え、ちょっと、高塔さ……」

会話は、ものの数分だった。駆け引きも沈黙も誘惑もない。

七緒のなけなしの勇気をさらりと流して、最初から最後まで一方的な榛名のペースで電話は切れた。呆然と携帯の画面を見つめた七緒は、もう一度かけるべきか迷って、結局乱暴に携帯をベッドの上に放り投げた。肩で大きく息をする。

「……ンだってんだよ、あのヤロー」

指先に冷たく凝った緊張が、いまさらながらにバカらしい。意味なく部屋をうろうろと歩き回り、自分のてのひらを見つめ、机の端に触れ、そして窓のブラインドに背中をもたれさせた。

たった今の、榛名の言葉を胸で反芻《はんすう》する。

「明日って……」

奇妙な男だ。まるで昔からの親しい友人のように、無遠慮で無神経に七緒にふるまう。翻《ほん》弄《ろう》する。

ブラインドに指で隙間を作ると、夜空には白い月がぽっかりと浮かび、隣の昴の仕事場には明かりが点《とも》っていた。

ガラスの向こうの夜に目を凝らすと、かすかに星も見える気がする。

ペルセウスの流星も、夏の大三角も、星の昴も。

恋の衝動はいつも唐突で、四六時中会いたいことに理由はいらない。そうだ、しゃべらなくていい、仕事場をちょっと覗いてみて昴がいなければそれでもいい。

「……顔、見たいな」

榛名が胸にぽつんと残したこの違和感を、昴で帳消しにしたかったのかもしれなかった。

七緒は静かに階段を下りて、母親たちのいる居間に響かないように、そっとサンダルをつっかけて用心深く玄関を出ていく。真っ暗な庭に回った。

瀬里と長谷の庭の境の仕切り塀のドアには、昔から鍵はない。いつでも自由に出入りができるようになっていて、七緒は少し錆《さ》びてたてつけの悪くなったドアを開けた。

長谷の庭に入るのは、七緒にとってひさしぶりだ。そういえば、もう自分からはこのドアを気安くくぐることはしなくなった。彌生がいた三年前までは、やましさや後ろめたさで、わざと『従兄弟の顔』をして頻繁に長谷の庭を訪ねたのに。おかしなものだと七緒は思う。

彌生がいなくなった今の方が、よほどやましさで足が重くなってしまった。

庭に建てられた離れが、長谷建築事務所の仕事場になっている。大きく張り出した出窓から明かりが射していて、その窓は開いていた。

「知らないよ、七緒がどこ受けるかなんて」

突然聞こえてきた自分の名前にドキリとして、ああ、聡だとわかった。見つからないように注意深く、こっそりと開いた窓から部屋を覗いてみた。

聡は、七緒の覗き込んだ窓を背にして立っている。左手にはペットボトルが所在なげに揺れていて、七緒の視線にちょうどその炭酸の泡が映った。

その聡の隙間に、昴が自分の大きなドラフターを斜めにして、その前に座っているのが見えた。フレームのない薄い眼鏡をかけている。仕事が詰まっているのか身づくろいはいい加減で、髪は寝癖がついているし、くたびれた洗いざらしのシャツはシワだらけだ。

聡がこの仕事場にいるのを、七緒はめったに見かけない。仲は悪くない兄弟だが、歳が離れているせいか聡の年頃のせいなのか、最近は話をするのも照れくさいらしい。七緒には、ふたりがたがいに気兼ねしているように見えた。

「自分で聞けばいいだろ? 従兄弟なのに、なに、遠慮してるのさ」

昴は「いや」とか、そういうおざなりな返事をした。そして、パソコンのキーボードを叩く音がする。

「フーン」と、聡が意味深に鼻を鳴らす。

「七緒ってさ、結構古風だよね。飽きっぽく見えるけど、好きなものには呆れるほど一途。緑も星も子どもの頃からずっと熱心だった」

「……知ってるよ、そんなこと」

煙草の煙を吐き出しぽつりと言った兄に、聡はおおげさに肩をすくめる。

「へえ、ホントに？　僕から見れば、あんたはよく平気で人の気持ちを踏みにじれるなあって、感心するけど」

昴が目を細める。無言で煙草を吸い続ける兄に、聡は一方的に続けた。

「あんた、彌生が死んでから変だよ」

細く昇る白い煙、その向こうの昴の圧倒的に静かなまなざし。彼は弟を咎《とが》めるでも怒るでもなく、ただ煙草を吸い、どんな言葉をも受け入れている。

「ずっと言いたかったんだ。そりゃあんたと彌生はつき合ってたんだ、哀しいのはわかるさ。けど、それなら形は違っても、彌生を亡くした淋しさは僕らも一緒だ。なのにあんたはひとりで、いつまでもこだわってる。噛み合ってないよ、あんたと七緒。以前は仲良かったのに。それともさ、わざと？　七緒の気ぃひきたくて、わざとそっけない言葉しゃべるの？」

「妙なこと言うなよ。……俺と七緒は、男だし、従兄弟だ」

「そんな当たり前のことしか言えないのかよ？　僕が聞いてるのは、ここの話だ」

身を乗り出した聡が、座った昴の胸倉をつかみ立たせ、左胸をてのひらで叩く。ガタンと大きな音が響いて、聡の乱暴な動作の拍子に机からバインダーやペンが床に落ちた。

「あんたには、どうしてもとか、絶対とか、自分の頭の中身をひっくり返すような瞬間って存在しないのか？」

ふたりは部屋の真ん中で睨みあう。獣じみた息づかいと、昴の険しい視線。自分の兄にこんな物言いをしかける聡も、七緒は初めて見た。

昴がなにか言ったけれど、それは低い小さな声で窓の外にいる七緒には聞き取れなかった。

「僕は、七緒も、七緒の生き方も好きだ。だから、あんたの自己満足や一方的な苦悩も沈黙も、もううんざりだ。七緒を否定されてるみたいで、すげえむかつく」

「……聡」

「あんた、彌生のなにが好きだったんだよ？　僕は、あんたと七緒は……」

「聡っ！」

鋭い短い叫びと、机にこぶしを叩きつける鈍い音がして、七緒は顔をふせ窓の下にしゃがみこんだ。

昴の激情が怖い。血がいっぺんに頭に集まったように、耳鳴りがガンガンとうるさく響いた。

「……それ以上、言ってみろ。おまえでも許さない」

昴の低いかすれた声に、聡の指が兄の襟もとからすとんと外れる。

「アニ、キ……」

しばらく部屋はしんと静寂に包まれた。パソコンの稼動する機械音だけが響く。聡が部屋を出ていったのかと思ったとき、唐突に昴の声がした。

「……俺は、ただ、もっと笑ったり、よろこんだり、怒ったり……、そういうのだけなんだ。七緒に、そういうふうに幸福になってほしいんだ」

声は静かで、淡々としていた。それはまぎれもない昴の本心に聞こえて、七緒はとっさにてのひらで自分の口をふさいだ。目の奥が熱い。みっともなく嗚咽《おえつ》が洩《も》れそうで、七緒は必死に震える指を叱りつけた。

「……それは、彌生への責任？」

聞いた聡に、昴は少し黙り込んで、やがて『どうしてそんなことを聞くんだ』というような間の抜けた声で言った。

「いいや」

また部屋は静かになった。ボソボソと聞き取りにくい会話のあと、ドアが開いてまた閉じる音がする。聡が出ていったのだろう、あとは部屋には紙をめくる乾いた音と、規則的にマウスをクリックする音だけがしていた。

少しの間ぼんやりと座り込んでいた七緒は、やがてのろのろと顔を上げる。力の抜けた指で窓枠を手さぐりし、もう一度部屋をそっと覗いた。

変わらずにドラフターの前に座る昴は、今はひとりで、椅子をパソコンに向けている。横顔は、もう仕事の表情だった。

せっかちに煙草を吸う指先が、ときおり宙になにかの形を描く。目を閉じて、自分の世界にあるイメージを構築する姿のように思えた。

灰皿に積まれた吸殻と、いらだたしげに前髪を掻き上げる癖。

苦しみに似たその姿に、胸がぎゅっと締めつけられる。痛いのは心臓よりももっと奥、たぶん、魂と呼ばれる目に見えない人間のみなもとの部分なんだろう。

好きだとわめいて、好きになってほしいと乞《こ》い願えば、この気持ちは少しは楽になるんだろうか。

そんな凶暴な衝動に気まぐれに支配されてしまいたくなるほど、昴は自分を強くも弱くもする。

昴に、幸福になってほしいよ。俺も心からそう願ってるんだ。

窓ガラスにそっと触れて、そして七緒はそのまま壁にずるずるともたれ、地べたにぺたりと座り込んだ。コンクリートの冷たい感触に、目を閉じ、七緒はしばらく動かずにじっと呼吸をくり返した。

背中越しに昴とつながっているという想像が、少しだけ七緒を幸福にしてくれた。

同じ星の下、同じ空間に息をしていても、ふたりの温もりは寄り添うことをせず、ただ七緒の胸の奥で消えない鼓動を刻んでいる。

「ペルセウス、かあ……」

誰かを好きだと思う気持ちって、こういうことじゃないの、彌生？

強い、誰にも邪魔されない、たったひとつの自由なんじゃないの。

背中を壁にごしと押しつけ、夜の澄んだ空気を深く吸い込んで、空を見上げた。ひとりだったけれど、ひとりじゃなかった。

あの、流星。最後に彌生と見た夏の降る星があざやかで、今も胸を離れない。

サイドボードの上の花瓶に、小ぶりの向日葵《ひまわり》の黄色がみっつ揺れている。

エアコンのきいた部屋で、そこだけに真夏が咲いていた。

夏日が、もう一週間も続いている。居間から覗く庭の、洗濯物の白が陽射しに弾けてまぶしい。ペットボトルの水をラッパ飲みした。

いつも七緒は朝食を摂らない。予備校のない日は、九時前に母親が起こしにくる。午前中はただ、ひたすらダラダラと時間を浪費した。頭がすっきり覚めるまではぼんやりテレビを見たり、新聞に目を通すふりをする。

庭に面したガラス戸から居間に上がってきた母親の郁子が、フローリングの床にだらしなく座り込んだ七緒をチラリと見て、エプロンを外した。

「ナオ。約束でもあるの?」

無意識に壁の時計を何度も見ていたらしい。母親は手に洗濯かごを抱えている。ようやく日常を取り戻しかけたその姿に、七緒は「いいや」と小さく首を振った。

時計は十一時を回っている。胸ポケットに触れてみて、バイブに切り替えた携帯の形をたしかめてみた。一方的な約束を待っている自分のそぶりは、ひどく滑稽で間抜けで、でも、そんなに嫌いじゃなかった。

「暑いわねえ……」額の汗をぬぐいながら、母親がぽつりと言った。陽射しに手をかざす。

「……夏だし。しょうがないじゃん」

暑いわねえと、母親は抑揚のない声でくり返した。乾いた言葉の無意味な反復に、優しくしたい思いとは裏腹に、気持ちがささくれだっていくのはどうしようもなかった。

幼い頃、喘息だった自分にいちばん辛抱強くつきそってくれたのは母親だ。病院通いにマッサージ、部屋の掃除にも細かく心配りをしてくれた。発作がはじまると薬と吸入器をあてがい、そして外の空気を吸うために夜中でも七緒を連れて庭に出た。夏も冬も、雨の日も、あたたかいてのひらがずっと背中をさすり続けてくれた。

七緒を気づかってか、母親は喘息だった頃の話はしない。いつかその当時のことを「そうねえ。大変だったけど、ちっとも苦じゃなかったのよ。不思議ね」と話していた。子どもへ一心な愛情を捧げてくれる、本当に優しい母親なのだ。それは、七緒がいちばんよくわかっているのに。

「夏なんか、早く終わればいいのにねえ」

母親の声は奇妙に遠くで聞こえた。横切る細い足首を視界の端に見て、七緒は新聞をわざと大きく音をたててめくる。

「お昼、なにがいい?」

「ソーメン」と言って、それから七緒は母親の顔は見ずに「それ」と向日葵を指さす。

「その向日葵、どうしたの」

「ああ、それ……」

億劫そうに後れ毛を直しながら、母親は「昴ちゃんが」と言った。

「昴ちゃんが持ってきてくれたの。今朝。庭に咲いてるのが綺麗だったからって。あの子、いい庭師さんになるわね。本当に植物が好きで……」

とりとめのない言葉がそそがれ、それは七緒に苦痛を与える。適当にうなずいていらだちをやり過ごそうとした七緒の、胸ポケットがかすかに震えた。携帯だ。不自然にならない動作で立ち上がり居間を出ると、階段の途中で通話ボタンを押した。

「もしもし」

『ナナオ?』と、すぐに電話の声は言った。

『今から出てこられるか?』

デジタルの声の響きに、相手も携帯だとすぐにわかった。

「どちらさんですか?」

しらけた声でわざとそう言うと、不躾《ぶしつけ》な電話の主はケラケラと笑った。七緒は自分の部屋のドアを足で器用に開ける。

『高塔ですけど。今ね、おまえん家のすぐ近くまで来てる』

「え……?」

『おまえ、部屋にいる? 二階なら、窓から見えるかもな』

エアコンもいれていない蒸し暑い部屋で、言葉に誘われあわてて窓を開ける。出窓に膝をついて身を乗り出すと、途端に真夏の陽射しがカッと照りつけた。

くらみそうになる凶暴な眩しさに目を細めると、視界にシルバーの金属の色がにじむ。道の端に路駐しているシルバーの車。真夏の暑さに、住宅街は人影もない。明るい陽射しの下、サングラスをかけた男が車にもたれてじっとこちらを見ているようだった。目を凝らすと、携帯を耳に当てている。男は右手を挙げた。

『白いシャツも、いいもんだね。清潔感っていうより、俺は色気を感じるけど』

サングラス越しに男とはっきりと目があったのは、気のせいじゃない。

七緒は電話を切るとベッドの上に放り投げ、部屋のドアを乱暴に蹴り開けると、勢いのまま階段を走り下りる。サンダルをつっかけて玄関を飛び出した。

何なんだよ、あの男。とっさの怒りとないまぜの恐怖に、向日葵の黄色も、蟬の鳴き声もぐるぐる頭の中で回っている。思考がうまく働かない。

車にもたれて煙草をふかしていた榛名は、七緒の姿を認めるとサングラスを外し、煙草を靴で踏み消した。七緒の顔をよく見るためのようでも、無造作にも感じられる仕草だった。

逆光にたたずむ榛名の姿を見たとき、まるで昴かと思って、七緒はフウッと息を呑み込んだ。

なぜ、そんな気持ちになったのかはわからない。

似ているところはひとつもない。目鼻立ちも指先も、話し方や笑顔のひとつさえ。それなのに、昴が自分を見ているような、そんな奇妙な錯覚で七緒は立ち尽くした。

　榛名に近づくよりずっと手前で立ち止まった七緒に、榛名はまばたきをした。指をふっと七緒の方へ伸ばし、その指はそのまま視線を車に導いた。派手な柄のネクタイが揺れる。

「とりあえず、乗れば。暑いし」

　夏の極彩色のさなかに、この男がいる場所だけが色合いが薄い。

　家から少し走っただけで、汗がこめかみをつたって流れた。七緒はこぶしをギュッと握って、まっすぐに榛名を睨んだ。

「あんた、昴の知り合いなんだろ？　だったら、年は昴と変わらないよな。二十四とか、五とか」

　榛名は右の眉を上げた。七緒の視線の強さに、初めて七緒がいることに気づいたみたいな顔をした。

「仕事に私情をはさむとか、そんな大人げないことしないよな」

　七緒が言った途端、榛名はポカンとした。そして、胡散《うさん》くさい目つきで、七緒の頭からつま先までじろじろと眺める。

「バカか、おまえ」

　ふいににゅっと腕が伸びて、シャツの二の腕をつかまれた。七緒の匂いを嗅ぐように、榛名は少し身をかがめ首筋にクンと鼻を寄せる。それは偶然だけれど、昴がしたのと同じ仕草

だった。

「おまえ、石鹸《せっけん》の匂いするな」

「え……？」

「いや、違うかな」

何だろ、洗濯物の匂い？　つぶやいて、やがて声に可笑しそうな笑いが混じる。

「大人げないことするのが、大人のやり方なんだよ。知らなかった？」

ハッと息をつめると、整った綺麗な男の顔が真下からニッと笑った。

「言っただろ、健気で感心してるって。おまえ、長谷の仕事が心配で俺に電話よこしたんだ？　へえ」

「あんた……」

「高塔榛名」車の助手席のドアを開けると、彼は七緒の腕をつかんだまま「乗れよ」と低く言った。

「高塔さん。俺、そういうつもりで出てきたんじゃない」

「ああ、そう。俺はそういうつもりなの。生憎《あいにく》、おまえの都合は聞いてない」

白い指先と、鳶色の目がぽっかりと透けて見えて、気づくと助手席に押し込まれていた。

榛名はすぐに運転席に収まり、素早くエンジンをかけギアを上げる。

「ちょ……、ちょっと高塔さん！」

「俺の伯父貴がさ、今度郊外に大きなレストラン出すんだ。長谷に頼んだ仕事はその庭のプロデュース。俺はあいつの感性気に入ってるし、俺自身もその店にはテーブルコーディネイトで企画を出す算段になっててね。夜はプラネタリウムになるホール演出するってアイディアがあって、この前あそこで会ったのは、その参考に」

車をスタートさせると同時にぺらぺらしゃべりだした榛名に、七緒は呆然とその整った横顔を眺める。あそこって、どこだ？　すぐには理解できず、少しして科学会館のプラネタリウムだと合点した。

やっぱり、この男はどこか変だ。回路がズレている、通じない。

「〝男は連れてる女で価値が決まる〟ね。ふーん、瀬里彌生ってそういうこと言う女だったか」

「……」

「あのとき一緒にいた女、うちの会社に融資してくれてる銀行の頭取の娘でさ。適当に機嫌とっとかないと、俺もいろいろマズイんだ。まだ兄貴の会社の社員だし、ごくつぶしみたいなもんだから、俺」

そして、横目でふっと七緒を見る。

「これ、弁解かな」

押し黙ったままの七緒に、榛名はジェスチャーで「シートベルト」とうながす。深く息を吐いて、七緒はのろのろとシートベルトをつけた。頭が割れそうに痛んだ。

起きたときに袖を通したシワの寄ったいい加減なシャツと、薄汚れたジーンズ。くたびれたサンダルは、近所のコンビニに行くときだって履きはしない。自分の情けないあちこちを見下ろして、もうどうでもいいやと投げやりに思った。

左ハンドルの車は、シルバーのローバーだった。こんなみすぼらしい格好の高校生をどこに連れ出すつもりなのかと、七緒は高そうな外車のシートにこっそり爪を立ててやった。

黙り込んだ七緒の存在を気にするでもなく、榛名は最初からきめていた道筋をたどるように車を走らせていった。うつむいて自分のサンダルの裸足のつま先ばかりを見ている七緒は、時々唇に指を這わせせた。緊張からか暑気からなのか、唇はやけにかさついて乾いていた。

車内は静かだった。ステアリングと、カーエアコンの風の音だけが聞こえるみたいだった。別の世界にまぎれこんでいる。夏も受験も、この密閉された空間には届かない。

「……いちばん最初に見たのは、大学」

静謐《せいひつ》な空気をおびやかさない落ち着いた声のトーンに、七緒はちょっとだけ顔を上げた。運転する榛名の、右腕の動きを視界の隅に眺める。

「彌生がかわいい男連れてるって、サークルの女が騒いでてさ。おまえ、大学が見てみたいって彌生と長谷に連れてきてもらったんだってな」

その言葉に、七緒の思考の波がさざめき揺れた。榛名の横顔を見て、ゆっくりとまばたきする。

たった一度だけ連れていってもらった、大学という不思議な場所と、昴の怒りを思い出す。

たしかあれは、夏の前だった。じきに前期試験が始まる頃の大学だ。

「俺、そのとき、てっきりおまえが彌生の恋人かと思った」

「え……？」

「おまえら全然似てないし。腕組むときの視線とか、歩幅の感じとかが恋人同士みたいでさ。あとでおまえは弟で彌生とつき合ってるのは長谷だって聞いたとき、ちょっと意外だったな。あのふたりの方が、まるでキョウダイみたいな雰囲気だったし」

真実じゃない。なのに声は澄んだ響きで聞こえ、三人の関係の本質のどこかに触れている気がしてならなかった。

昴と彌生と、そして自分と。

七緒は榛名の横顔のラインをじっと見る。繊細で、神経質に整った美しい男の顔立ちだった。

「……あんた、大学の友達？」

「長谷とは、同じ学部でサークルも一緒だった。瀬里……、彌生は普通科だったから。サークルで」

「彌生と、親しかった？」

「いや、あまり知らない。俺は長谷とはたまにツルんでたけど、彌生とはサークルで会ったときにちょっと話す程度だったな。長谷と彌生も、しょっちゅう一緒ってわけじゃなかったぜ?」

思わせぶりな態度をちらつかせたわりに、榛名は頓着せず昴たちとの繋がりをあっさり告白した。『気が向いたら話す』と言った彼の言葉の意味を、もしかしたら自分は取り違えていたのかもしれない。

もっと特別の、彼にとってなにか切実な気持ちを、榛名は素直に口にしたのではなかったのだろうか。

「次に見たのが、彌生の葬式のときだな」榛名の記憶をたどる言葉は続く。

「おまえ、ずっと彌生の棺《ひつぎ》のそばにいてさ。着てるシャツよりもっと真っ白な、生気のない顔で。おまえの方が死んでるみたいだったよ」

彌生の葬式は、こんな真夏の日だった。

あの日のことは七緒にとってひどく鮮明なようで、それでいて他人の記憶を薄い膜の向こうに垣間見るような印象が曖昧に融《と》けて残っている。

母親は泣きわめいてしまいには倒れたし、父親はどこにいたのかすら七緒には思い出せない。

ただ隣に、ずっと昴がいてくれた。

青ざめて硬い表情の昴は、七緒のかたわらでずっと指先に触れていてくれた。

この高塔榛名という青年の存在は、七緒の胸に眠る記憶を呼び覚ます。

忘れたいと思っていた出来事を、やり過ごそうとしていた痛みとともに。

「もっとも、一昨日《おととい》瀬里って表札を見るまで思い出せなかった。三年前だし、おまえも背も伸びて変わってたし」

「変わった……？　俺が？」

「いろんなものが削がれて落ちて、磨かれたっていうか。スッキリして綺麗になったのかもな」

「……妙なこと言うね、あんた」

タカトウハルナと、彼は少し不愉快そうにくり返し鼻を鳴らした。

「妙なひとだね、高塔さん」

車のシートに埋もれるように深くもたれ、七緒は顎を上げた。

「昔話して、それでどうしようっての？　俺が聞きたいのは、あんたが昴の仕事に私情をはさまないでいてくれるかどうかってことだけだよ」

「俺には興味ない？」

女を口説くみたいに言う榛名に、七緒は軽蔑しきった視線で応《こた》えた。自分の鼻の前に、親指とひとさし指でかすかな隙間を作る。

「これっぽっちも」

「なるほど。容赦ないな。〝昴〟以外には興味がないわけだ？」

軽薄な声の底に、ざらついた微妙なニュアンスがひそむ。七緒は榛名を見て、そして無言で視線をフロントガラスに戻した。

「……ンだよ。まるで他人事《ひとごと》ですって表情だなあ。しらけるね」

首の後ろに、チリチリと不快な痛みが這いずる。答えない七緒に、榛名は「フン」と鼻で
笑った。

「おまえ男が好きなくせに、どうしてそんなに冷静なんだ？　それとも、カミングアウトってやつでもしてるの？」

榛名が言った瞬間に、七緒はサイドブレーキを一気に引き上げた。

「……っ！」

榛名が目一杯ハンドルを切る。アスファルトをこする摩擦の、嫌な音がずっと響いた。ガードレールにぶつかる寸前、ギリギリをかすめて車は止まった。さいわい、ほかに車の通りはなかった。

榛名は大きく肩で息をすると、「クショッ」と低く唸ってハンドルにこぶしを叩きつけた。そのまま右手を七緒に伸ばし、襟もとを手荒につかむ。

「てめえ、死ぬ気か！」

「……触るな」

蔑《さげす》むような七緒の瞳に、榛名の怒りが一瞬やわらいだ。榛名の手をはらいのけ、七緒はサンダルでドアを蹴った。それしか動作を知らないように、何度も、何度も。

「あんたといたら、腐っちまうって言っただろ。開けろよ、カギ！」

「おい、ナナ……」

「俺は昴を好きじゃない。昴には、関係ない」

七緒の瞳は強く、わずかな揺らぎもなかった。少なくともこの瞬間だけは真実を口にしている、そんな絶対のまなざし。

打ちはらわれた榛名の手がだらりと下がって、七緒のシャツの裾に触れた。指先に視力があるように白い色を探って、やがて指は七緒の手の甲に触れる。七緒は黙って榛名を見て、そしてもう一度ドアを蹴った。

「開けろよ」

「……悪かった」

「どうでもいい。開けろ」

かたくなな七緒に、ため息めいた息を吐いて榛名はロックを解除した。ドアを開けると、むせるほどの熱気がアスファルトから立ち昇る。七緒は迷わず車を降りた。

「おい、送ってくから。悪かった、乗れよ」

知らない景色でも、歩いて帰れない距離でもなかった。榛名の言葉を待たずに、無視して七緒は歩き出す。振り返る気持ちの持ち合わせも、余裕もなかった。

榛名は最初から最悪だ。頭がよくて、つかみどころのない空っぽな瞳で、不愉快な気持ちにしかならなかった。

逃げ水がゆらゆら揺れている。ゆるやかな上り坂をゆっくりと歩いていきながら、彌生の死や、昴の宙を舞う指先を思った。

気づくと俺たちはいつも三人で、笑いあい、けれど笑顔の下は本当は泥にまみれていた。綺麗ごとじゃない、苦しみ地べたを這いずるような、そんな恋の関係だった。

ひとりでいても、ひとりじゃなかった。

昴のことを好きだと思う気持ちは、彌生がいた頃よりずっと強く、ずっと怖い力で七緒を支える。

どこか見知らぬ家の垣根の上に、背の高い向日葵が花を覗かせている。力強い黄色が青空に映える美しいコントラストに、涙がにじんだ。

「昴……」

いつも胸に、たったひとつの名前が棲《す》む。

通行人が、七緒をちらちらと見ていく。シワだらけのシャツも、サンダルもどうでもよかった。

七緒は手の甲で、乱暴に目尻をぬぐった。

水の心地よい音と、弾ける飛沫《しぶき》が陽射しにきらめく。

似た背格好の多い水泳部員の中でも、聡のフォームは誰とも違う。すぐに見わけられる。

クロールの、水を掻く、あの長い腕のラインがしなやかな獣のようで綺麗。細いけれど過不足なく筋肉のついた、美しい男の腕だった。

いつも七緒は、聡のフォームに見とれる。人間の身体がこんなにも美しく躍動する瞬間を、七緒はほかに知らない。

プールのフェンスに指をかけて、七緒は目を凝らして聡のクロールを追いかける。ひそやかで厳かな、聡だけの儀式を見守る気持ちで。

予備校のない日は、普段着で学校に来て、聡が泳ぐ姿を見る。プールは部外者は入れないから、いつもフェンス越しだ。水泳部の顧問は、私服の七緒を別段とがめはしない。暑い中、従兄弟の泳ぎを見にわざわざ出向く自分を、ものめずらしげに見るだけだ。

体操着を着た見知った同級生の男子が、七緒を見つけてプールサイドを歩いてくる。隣のクラスで、話したことはないが顔はわかる。三矢《みつや》という生徒だ。

「瀬里、おまえ、先週も来てただろ？　また長谷のつき合い？」

「涼しそうで、見てて気持ちいいんだよ。なに、おまえ泳がないの？」

「三年は、もう引退してるよ。今日は、ちょっとヒマだったんで、コーチというか」

「フーン……」

「瀬里さ、大学、京都のほうだって？」

今の三年生の話題はそれしかない。七緒は「まあね」といい加減にうなずいた。

「予備校とか行ってんだろ？　俺も、駅前に通ってんだ」

「三矢、県外なの？」

「いや、地元だけどさ。推薦狙ってんだけどなあ、内申がね」

部活ばっかだったからなと、ポツリと三矢は言った。そして聡が水から上がったのを見て、

「じゃあな」と適当に手を挙げて七緒から離れた。

頭上を白い大きな雲がゆっくりと流れていく。フェンスをつかんだ七緒の指に、水滴が触れた。

「ナナ、オ、暑い……って。ボーシ、かぶれよせめて」

フェンスがガシャンと音をたてた。

息を切らしたびしょ濡《ぬ》れの聡が、フェンス越しに七緒の指を摑んでいた。女子部員の誰かが、後ろを通りすぎるときに聡の肩にバスタオルをかける。競泳用のキャップを外して、聡はぶるぶると仔犬のように頭を振った。飛沫がかかって、七緒と聡は大笑いする。笑うたびにフェンスがガチャガチャうるさく音をたてた。

「つめてーよ、おまえ」

「七緒、もう帰れよ。あちーって。日射病になる」

フェンス越しに七緒の顔をタオルでふいて、また聡はニカッと笑った。真っ白な歯が見えた。

水の匂いを間近で吸い込む。真っ黒に日焼けした身体と白いタオルと、聡は夏そのもののようにキラキラしている。

「帰れ帰れって、うるさいよ、おまえ。息抜きぐらいさせろよ」

「自分が泳ぐならともかく、泳ぐのを見るだけが楽しいかね？」

タオルでがしがし髪をふきながら、海にでも行けば、とぞんざいに聡は言った。この正直な従兄弟は、いつも言葉ほど七緒を厄介には思っていない。

グラウンドとの段差で、七緒の額はちょうど聡の鎖骨の位置だった。消毒薬の混じった水の匂いが強くなる。まだどきどきと速い聡の鼓動が携帯電話の呼び出しのようだと思って、急に憂鬱になってうつむいた。

高塔榛名との奇妙な邂逅《かいこう》から、もう五日がたった。

あの車を降りた瞬間に忘れたはずの榛名から、携帯に電話がかかってきたのはその夜のことだった。なにも考えずに出て、彼が名前を告げた瞬間、七緒は電話も電源も切った。

それから毎日電話がかかる。もっぱら留守電にしているそれに、日に二回、多いときは三回はメッセージが録音されていた。

昨夜初めて、七緒はメッセージを聞いた。三つ目の録音だ。

『ナナオって、どういう字書くの？』

ポツリと残された、五秒にも満たないたったそれだけのメッセージが、奇妙に心に残った。うつむいた七緒は、今はスニーカーを履いていてサンダルじゃない。それなのに、榛名の孤独な声はくり返し七緒の胸におとずれては、気持ちを浅くつかんでいく。静かに胸がさざめく。

榛名のことは、誰にも、聡にも打ち明けていない。

七緒は子どもの頃から、自分に降りかかる問題をひとりで片をつけたがる性質だった。それは喘息で周囲の人間をわずらわせる機会を幾度となく目《ま》の当りにしてきた少年の、ある種のおびえと、無意識の自衛だったのかもしれない。

昴への気持ちを榛名に知られていることは、正直、七緒は心配はさほどしていない。七緒の『性指向』だと揶揄《やゆ》するようだった口調とは裏腹に、榛名は、本当は自分の外側の人間にはまったく興味がない種類の人間なのだと思っている。

「どうしたの」と、耳もとで聡が言った。

聡の髪からつたったった水滴が、スニーカーに落ちていくのを見ながら七緒は言った。

「……あのさ、昴、今どんな仕事してる？」

誰かが飛び込む水音にまぎれてサラリと聞いた七緒に、聡は真っ黒な瞳をまたたかせて、うつむいた七緒の耳の後ろのラインをじっと見た。そして、フェンスの隙間から七緒の額を指で弾く。

「てえっ！」

「そうそう。話すときは、人の顔見なよね。行儀よく」

聡は、人の顔を正面から見つめることに物怖《ものお》じしない。自分にやましさがない証《あかし》だ。

「いい加減、僕からお互いのこと探り出すのやめろよな、おまえも、昴もさ。いくら七緒が健気でも、そのうなじが格好よくても、僕は懐柔されないぜ」

「……何だよ、それ」

「どっかのレストランとか言ってた。大学の頃の友達が持ってきた仕事だって。図書館の方は昴は終わったみたいだぜ。今はそっちのレストランにかかりきり」

ぴしゃりとはねつけたわりに、聡は屈託なくよくしゃべった。そのレストランの仕事が棒名の持ち込んだ大口の仕事なのは間違いない。

「うまく進んでるのか？」

「昴は、この二、三日は事務所でパソコン睨んでウンウンうなってる。かと思うと、一日台所で料理してたりさ。ソーウツも激しいし、また無精髭なんか生やしやがって汚いの何のって。しかも、笑えることに禁煙してるらしいぜ。二度目の禁煙」

「……フーン」

躁鬱《そううつ》が激しい。穏やかな昴の風貌には似つかわしくない響きのようでもあり、妙に納得もする。

めったには感情をあらわにしない昴の、そのむきだしの表情を、七緒は一度だけ見たことがあった。

彌生が死んだ翌年の夏のことで、今も七緒は忘れない。

初盆の季節で、迎え火のゆらめきにひどく感傷的な気分になった七緒は、その夕暮れどきに、彌生の面影をたどるように、家のあちこちの彼女が好きだった場所をひとり歩いた。

長谷の庭のミモザは緑の優しい葉を繁《しげ》らせていて、七緒は彌生がしていたように樹の下にたたずむ。迷信は信用しないたちだけれど、この数日だけは、家のどこかに彌生の魂がとどまっているみたいでミモザを見上げた。

『……やよ、い』

名前を呼ぶ声がした。庭のドアのすぐ前に立った昴が、じっと自分を見つめていた。

おかしな話だが、七緒は一瞬自分が彌生で、目の前にいる恋人の、その生気の抜け落ちた強張《こわば》った表情を軽く笑おうとした。

『なに、幽霊でも見たみたいに……』

語尾は、七緒の口の中で曖昧にとけた。そうだ、俺は彌生じゃない、七緒だ。唐突に思い出し、自分のあちこちを見下ろし、胸に触れて、よかった薄っぺらいと馬鹿《ばか》みたいに安堵する。

俺と、彌生のどこが似てるんだよ。

そんな軽口を言おうと思って、けれど昴のまなざしの前に、言葉は結局ひとつも形にはならなかった。

自分を見つめる昴のそれは、恐怖だった。きっと人間は生まれてくるとき、こんな瞳をしてるんじゃないか。そう思えるほどに、昴はあまりに澄んだ、純粋な恐怖でそこにたたずんでいた。笑うことさえできず、七緒はただひたすらに昴の瞳を見つめていた。むきだしの表情をした昴は、ぞくりとするほど美しい男だった。

初めて昴の内側を見たそのときに、七緒は昴に二度目の恋をした。

『ナ、ナオ……』

やっと自分を呼ぶ昴の嗄《しわが》れた声に、甘い痺《しび》れと、たしかに罪を感じた。

いつも、夏だ。彌生を連れていった夏を、自分たちは恐れ、かたく目をつぶる。

「……聡。昴、まだ彌生のこと好きなのかな」

ポツリとつぶやいた七緒の言葉は、プールの水音に隠れる。聡がまばたきをした。昴によく似た透き通った黒い瞳は、不用意に七緒を憐《あわ》れむことはしない。

「そうかな。好きだったのかな」

「え？」

「僕は、もうよけいなお節介やかないことにした。あの人、怒らせるとマジでおっかないもん。殺されるかと思うよ」

指に、聡の冷たい指が触れた。七緒には激しくない聡の温度は、遊びがあって気持ちいい。

「いつでも会えるとこにいるくせに、七緒はズルいよ。アニキも、可哀想だと思うけど、時時無性に腹立つんだ。何か、複雑で自分でもよくわからないけど」

「聡……」

しっくりくる言葉を探し、聡は何度も唇を噛んだ。

焦燥やいらだちとか、少年らしい荒々しいものをぐっと奥に秘めた、骨張った指先。フェンスを握るそれは、力加減がまだわからずにとまどっている。

七緒を見て、聡はもう一度まばたきをした。肩の力をスッと抜く。

「七緒、アニキとさ、熊本のじーちゃん家に行ってきたら？　あそこ売り払われちゃう前に」

「え？」

「最後に星見に行ったきりだろ。じーちゃんと、彌生もきっとよろこぶよ」

唐突な提案は、用意されていた言葉に聞こえた。聡が、言い出す機会を窺っていたように。

「恋愛ならわからないけど、少なくとも僕は、僕だけは、最後に七緒の手の中に残るよ。どこにいても七緒を待ってる。だから、ダメになったら、いつでも帰ってきていいんだ。本当は、ずっとそう言いたかった」

「聡……」

「ガケっぷちも格好いいけどさ。保険は、あって困るもんじゃないでしょう」

世界の、ほかのどんな人間の批判も視線もクソくらえだ。

七緒はこの瞬間、フェンス越しに聡にキスしたくなって困り果てた。七緒のしかめっ面に、聡が「あれ」と首を傾げる。

「どうしたんだよ、むずかしい顔しちゃって」

「俺ね、今、聡にすっげーキスしたい気分」

「はあ？」と目をぱちぱちさせた聡は、やがて愉快そうに大声で笑う。この夏空にいちばんふさわしい、光と濃い陰影にいろどられた笑顔だ。

「バカだな、キスしなよ。僕は七緒のやり方は気に入ってるんだ。好きにふるまっていい」

胸にグッとくる言葉に、キスの代わりにフェンス越しの指を強く握った。

「……何だよ。さっきから、格好よすぎだよ、おまえ」

「あ、格好いい？　ひょっとして、惚《ほ》れた？」

「バーカ」てのひらを殴るふりをすると、聡は今度は優しい顔で笑った。首にかけていたゴーグルをはめる。

「昴と、熊本行ってきなよ」

「……聡」

「なにもせずに器用に歳とってくのって、ゾッとする。虚ろで、怖いよ。死んでるみたいだ」

「聡、俺……」

聡の声に後押しされ、とっさに、秘密を告白したくなった。

あの夏、昴は、優しくて残酷な期待を七緒の胸に灯《とも》した。

「もしかしたら望みがあるかもって、どっかで思ってるんだ」

「うん？」

「俺、三年前、最後に熊本行ったときさ。昴と……」

そこまで言いかけて、七緒はフッと口をつぐんだ。

聡にも、誰にもまだ話したことはない。あの熊本での出来事は本当は夢だったのかもしれない。

「……ごめん。何でもない」

聡は少し七緒を見て、なにも言わなかった。七緒が自分から話さないことは、彼はけして無理に聞き出すことはしない。

黒いゴーグルの奥の瞳の、不思議な遠近感。癒しの言葉をつむぐ年下の従兄弟のその大人びた表情を、もうこんな間近に見つめることはないかもしれないと、七緒は無意識に目を凝らした。

七緒がなにも言わずにいると、聡は笑って「じゃあね」とプールサイドを歩いていく。飛び込み台の梯子《はしご》へと向かうその身軽な後ろ姿を見送った。

雲が晴れる。陽射しのまぶしさが水面に反射して、目が開けていられない。

「あの、瀬里先輩」

プールの水音がうるさくて、人の気配に気づかなかった。背後からかけられたひかえめな声に、七緒は振り返った。

白の開襟シャツに、丈の短い紺のスカート。真夏でも白のハイソックスをきちんとはいた、背の高い細い少女。二年の村下咲和子《さわこ》だった。

「……どうも」

七緒の近くで声をかけるタイミングをつかめずにいたのか、咲和子の広い額には汗が浮かんでいる。

拒絶もとりつくろう不自然さもない七緒の横顔は、硬質なラインをくずさない。それにかえって安堵したのか、咲和子はたっぷりひとり分の間隔をあけて七緒の隣に並んだ。

聡が飛び込み台の梯子を登っていく。ゴーグルの瞳が一瞬、七緒と咲和子を見た気がした。

「長谷くん、見に来たんですか？」

「うん。まあ、息抜きと暇つぶしに」

水泳部の女子部員たちが、七緒と咲和子を見てこっそり耳打ちしている。咲和子が自分を好きらしいというのはどうやら公然の噂のようだが、七緒は気にならなかった。咲和子も別段かまう様子はない。

「あの、あたし二年の村下っていいます。村下咲和子です」

「知ってる。ブラスバンドで、ピアノ弾いてるだろ？」

七緒が正直に言うと、咲和子はうれしそうに「はい」と笑った。笑うと右頬にえくぼが浮かぶのが彌生と同じだ。聡が気にするのもわかる、目鼻立ちの整った綺麗な少女だった。

「今日も部活？」

「はい。休憩時間、ちょっと抜け出してきたんです」

ブラスバンドって、音楽室でやってるのかな、講堂かな。練習の音は耳にしたことがあるのに、思い出せない。七緒も、周りの友人も帰宅部がほとんどだ。例外は聡くらいだった。

咲和子は隣の七緒の顔が見たくて仕方のないふうだった。それなのに、ままならない視線はぎこちなくプールを眺める。白い指が、紺のプリーツの裾を何度もさすったりつかんだりしている。

魚のしなやかな曲線を描いて、聡の身体が水に吸い込まれた。飛沫が派手に飛んで、七緒たちまで濡れた。水面から顔を出した聡に「つめてーよ」と叫ぶと、聡は首を傾げて、そして手を振った。

「今の、長谷くんですよね」

「そう。俺のイトコの、水泳バカ」

咲和子は少し笑って、フェンスにそっと指を這わせた。ピアノを弾く長く節だった、けれど凛《りん》として美しい手だった。その思いつめた指先、いつかの夜の街での少女の指先、榛名の熱い指先。

咲和子がフッと息を呑む。フェンスが音をたてた。

「瀬里センパイ、京都の大学受けるって本当ですか？」

少しの間をおいて、七緒は「うん」とうなずく。

「こっちの大学受けないいんですか？　滑り止めとか」

「地元は受けない」

七緒の答えはシンプルだ。そうですか、と咲和子はため息混じりに言った。

「予備校通ってるんですよね。夜、遊んだりしますか？　あたしも行けば、会えるかな」

「いや、俺もうあそこら辺では遊んでない。女のコだけで来るなよ。夜はヤバイから」

「それじゃ、会えるときでいいです。会ってほしいんです」

まっすぐに自分を見上げるその綺麗な覚悟を横目で流して、七緒は水面に反射する太陽に目を細める。

「俺、受験と、ささやかだけど恋愛の悩みで手一杯なんだ」

「……彼女。やっぱり、いるんだ」

そうだとも、違うとも七緒は言わなかった。七緒とこの少女の距離は埋まらない。真摯な努力も唇を震わせる女らしい仕草も、今の七緒の心を動かす力はなかった。

「あたしも、来年、京都の大学受けてみよっかな」

しばらくして、咲和子が言った。七緒が咲和子を見る。

「先輩のこと、追っかけてみよう。未来なんて、どうなるかわからないから」

「……あのさ、話したこともない俺の、どこが好きなの？　あ、不愉快だったらごめん。純粋な好奇心なんだけど」

咲和子は大きな目をぱちっと見開いて、そして、朗らかに笑う。彼女のスカートのひだがクロールみたいに泳ぐさまを、七緒は見ていた。

「言い訳しないとこがいいなって、今思いました。背も高いし、ン……、でも最初はルックスかな。先輩の顔、綺麗だから好きです」

さばさばした無邪気な言い方には、嫌みがない。七緒はチラリと笑った。

「きみも、美人だと思うけど」

聡明な少女はそれには答えず、ただ小首を傾げて、そして握っていた携帯電話を七緒に差し出す。

「大学きまったら、一度でいいです。連絡ください」

「……俺は、連絡とか取りあうつもりないよ？」

「いいです。一度だけ、報告ください。お願いします」

七緒が携帯を取り出して赤外線で番号交換をすると、咲和子は一瞬泣き出しそうに顔をゆがめて、そしてやっぱり笑った。ぺこりと潔く頭を下げ、くるりと背中を向けて駆けていく。小さな背中はすぐに校舎に吸い込まれて見えなくなった。

七緒はジーンズのポケットに、彼女の勇気と一緒に携帯を押し込んだ。いつかの夜に出会った少女も、名前くらい思い出してやればよかったなと思った。

フェンスを指でガチャガチャ揺らしながら七緒はプールの周りを一周して、それからグラウンドへと歩いていく。

ちょうど真上にある太陽はますます強く照りつけて、足もとに濃い影が落ちた。汗が流れる。

腕時計を確認すると、急げば昼食に間に合う時間だ。母親はきっと食べずに自分を待っているだろう。

ふとてのひらが沁みて、見ると左の中指の腹が切れて血がにじんでいた。フェンスで切ったのだろう。ペロリと舌で舐めると、錆びた甘い味に、あのブルーベリーの感触が重なる。

愛情も、切ればこんな真っ赤な色をしているかもしれない。そう思うほど、恋愛の営みは血の流れによく似ている。生暖かいその流れは、とぎれることなく、愛《いと》しい者の身体の隅々までをぴったりと満たす。

血が不足すれば人間が死ぬように、愛情がなければ心が死ぬことを、七緒はもう知っていた。

少女の勇気、聡が話す澄んだ言葉、昴の透き通った苦悩。自分を通りすぎていく、生きていくという果敢でいとおしい行為のいくつかを思って、空を見上げた。

昼間でも、星は流れる。ただ、目には見えないだけだ。


子どもの頃の七緒は、学校の友達より、昴や彌生と遊んだ記憶のほうがはるかに多い。

身体が丈夫じゃなかったせいもあるし、七緒の発作の対処に慣れている年かさのふたりがいるほうが、母親の郁子も安心した。

喘息でも気丈な七緒と、聡は昔はどちらかと言えばはにかみ屋でひっこみ思案な子どもだった。一番年下だし、よく泣く聡を、七緒は邪険にすることがたびたびあった。それでも聡がへこたれずについてくる性質だったから、仕方ないな、なんて慣れない兄貴風を吹かせて手を引いて歩いたりもした。

本当に、昴も彌生も辛抱強かった。記憶のどのページをめくっても、七緒は彼らに邪険にされた思い出はひとつも出てこない。ふたりは、七緒と聡につねに中立で公平だった。

何度も見た映画や、行きつけの本屋、まなざし、会話の独特のテンポ、口ずさむ音楽と、とびきりの笑顔。

昴と彌生が七緒に与えたのは、知識や教養というありきたりのうわべをなぞるものではなく、彼らの生き方そのものだ。

それは七緒にとって有意義で濃密で、そして同年代の子どもたちより、目まぐるしいスピードで過ごした日々だったと思う。

ひとつ年を重ねるごとに、昴たちとの自然な距離のとり方も覚え、同級生ともそれなりに楽しく遊べるコツもつかんだ。もてあまし気味の中途半端な早熟は、年を経るごとに薄らぎ、やがては落ち着くべき場所を見つけるのだろう。

自分の世界のはじまりは、昴だった。だから、終わりも昴がいい。

昴にいてほしいと、七緒は思う。


ずっと留守電にしている携帯電話には、もう日課になった高塔榛名からのメッセージがかならず一度は吹き込まれていた。彼の留守録は『あ、俺』とたったひと言のこともあれば、延々ととりとめのない雑談を続けることもある。

『俺さ、家が仕事場だし。フレックスなんだよな』

『イメージコンサルタントって、どんな仕事かわかるか？　あんまり聞き慣れないだろ？

名刺渡すと結構胡散くさい目つきで見られるんだよなー』

『大学二年の夏休みに、二ヵ月アメリカ行ったことがあるんだ。それが、何て言うんだろう。頭をガツンとやられたっていうか。空気の匂いも食べものも違う、言葉も通じない、人種差別もしょっちゅうでさ。誰も俺を知らないし、人間の喜怒哀楽がクリアーで、やたらと興奮したね。それまでは建物とかパース相手だったけど、そのときから生身の人間にも興味が湧《わ》いてさ。結局卒業間際に大学中退してアメリカに行ったんだ。向こうで学校通って、カラーインストラクターのライセンスを取った』

『建物とか、人とかね。いちばんふさわしい色を選ぶのが主な仕事。長谷のイメージは……、そうだな、緑色かな。安定とか癒される空気だな。ナナオは白か、それとも青。ン……、案外赤かも。おまえはわかんないね。神秘的だ。ああ、そうだ、レストランは順調。店内はターコイズブルーと木目で統一してみた。どう思う?』

　自分のことを話すときの彼の口調は淡々としていて、遠い他人の物語を聞かせる声だ。

　電話は不思議だ。視界がさえぎられると、声は、透き通って混ざりものがなくなる。榛名の声で、彼の語る物語を聞いて、七緒は彼の成り立ちに触れる。もう、ずいぶんと榛名のことを知っている気持ちになっていた。そう、まるで親しい幼なじみみたいに。

　榛名は自分に会いたいと何度か率直につたえてきたが、七緒は沈黙を通した。

　窓辺のイングリッシュ・ホーリーの葉を丁寧に見て、スプレーで水を吹きかける。それは七緒の夏休みの毎朝の日課で、夏場は夕方も欠かさない。

日課を終えた七緒は携帯電話をシャツの胸ポケットに突っ込み、ウォークマンとアウトドアグッズ、そして勝手口でサンダルを拾うと、裸足のまま庭へと出た。今日は午前中からひどく蒸し暑い、うっとうしい天気だった。じっとしていても汗がにじむ。不快指数は高い。

緑の垣根をかき分け、いつもの楠の下にもぐりこむ。防虫キャンドルに火を灯し、その炎がよどんだ風にゆらりと大きく揺れるのを、木陰で膝を抱えて眺めた。

チリチリと痛むうなじをてのひらでさする。気まぐれをよそおう電話の主は、好きな時間に好きなことをしゃべる男だ。芝生に置いた電話のボディをなにげなく指でたどっていたら、着信音が突然鳴り響いた。五秒くらいメロディを聞いて、七緒は画面をタップした。

「……モシモシ」

電話の相手が息を呑んだのが、小気味いい。少し黙り込んだ向こう側で空咳《からせき》が響いた。

『うそ……、ナナオ？』

「人の携帯、勝手に日記代わりにしないでくれる？」

『マジ、ナナオだ？　どうして、急に出てくれる気になった？　俺のこの熱意が通じた？』

榛名のリアルタイムと声がつながっている。デジタルがつたえる一方的なコミュニケーションは、ふたりの間に、奇妙な友情めいた親愛を少しずつ育んでいた。不思議な気持ちだ。

「それ以上くだらない言葉ひと言でもしゃべったら、切るよ」

『おっかねー、やっぱナナオだ、間違いない』榛名がヒュウと軽薄な口笛を吹く。

「俺、今庭にいる。楠の下で昼寝するの、好きなんだ」

『うん?』

「だから、賭けかな。ここにいる間にあんたから電話があったら出る。なかったら、二度と出ない。番号も変えようと思ってた」

『……ハーン。俺はね、強運なんだよ。なるほど、その賭けは俺のひとり勝ちだ』

奇妙にゆがんだ明るさが受話器の向こうで笑う。もう何度も聞いてなじんだ電話越しの声は、低めのバリトンで耳に心地よい。この声だけは最初から好きだと思っていた。

「どこにいるの、高塔さん」

『今、大阪。関西にいるんだ。夕方の便で、イタリアに行ってくる。出張』

まるで彼には国境は存在しないかのような、身軽な物言い。そうか、地球の空は続いてるんだっけと、七緒は唐突に思い出した。

「ひとりで?」

『いや、女連れ。そろそろ還暦になる、会社の有能な熟女秘書だけど』

榛名とのむだ話に費やす時間は、ゆるやかにスムーズに流れ、以前ほど苦痛ではない。

楠の根もとに寄りかかって、七緒は水のボトルをラッパ飲みする。口もとを手の甲でぬぐった。

「高塔さん、どうして俺に電話してくるの？　罪悪感や安っぽい懺悔《ざんげ》の気持ちなら、間に合ってる。うっとーしいから、二度とやめてくれ」

七緒の率直な言い方に、向こうで彼はまた一瞬黙った。絶句したのかもしれない。かすかな空港のアナウンスが聞こえて、やがて榛名は『相変わらず、ナイフみたいな切れ味だ』とぽつりと言った。

『ただ、おまえに興味がある。会いたいと思うんだ。自分でもわからない、渇望って、こんな気持ちなのかな』

「あんたの肩書きとか、履歴書みたいなプロフィールはもうさんざん聞かされたから知ってる。はっきり言って、俺はあんたには興味ないよ。人をタラすのに一生懸命で、本当のことはひとつも話さない人にはね」

『……おまえ、言うほど俺のこと嫌いじゃないだろう？』

やんわりとはぐらかそうとする榛名に、いらいらと七緒は携帯を指で弾いた。

「その腐った自信は、どこからくるわけ？　もう、切る。二度とかけてくるな」

『俺は、兄貴の女房が好きだったんだ』

唐突に言った榛名に、七緒はフッと口をつぐんだ。

七緒の驚愕《きょうがく》に、電話の向こうで榛名が義務のように微笑みを浮かべたのが見えた。はやりの服で着飾り、派手なネクタイを締め、隙のないたたずまいでいる彼が、虚ろに空港のロビーの椅子に座っている。

『義理の姉になるその女は、学生時代は俺の恋人だった。でも、別に略奪されたとかそんな芝居がかった展開じゃない。俺と別れたあとに、兄貴とつき合いはじめたんだからな』

彼の言葉には特別な感慨は聞き取れなかった。あの、いつか自分を見た圧倒的な傍観者のまなざし。七緒は思う。まだ、使い古された昔話に彼の現実は追いつかない。

『五つ違いでさ、おそろしく出来のいい男なんだ。実の弟の俺が言うのもなんだけど、完璧に近い男がいるとしたらあいつかなって、それくらい。死んじまった親父の信頼も希望も厚かったし、俺も好きなんだよな。生憎、嫌う要素がひとつもなくてね』

「……兄貴の女房が好きだったって。過去形？　今は違う？」

『彼女、二年前に病気で死んだよ。俺がアメリカにいる間にな』

聞いた瞬間、七緒はああ、そうだったんだと悟った。すべてを理解した。榛名が自分に嗅ぎとった匂いは、一〇〇％純粋な、同質のもの。

キョウダイと、許されない想いと、死と。自分と榛名をつなぐ、見えない偶然の共通項目がいっぺんに繋がる。

癒されずにいる榛名の深い孤独に引きずられそうな錯覚に、七緒はハッと目を見張った。

カンテラの炎を見つめ、携帯を握る手に力をこめる。

「彼女のこと、好きだったんだ……？」

榛名は『さあね』と小さく笑った。

『わかんねーな。中途半端な気持ちのまんま、あいつ全部持っていっちまいやがったから』

「俺は、なにも救えないよ」

人間が、誰かのためになにかをしてやれる経験は、本当はそんなに多くない。七緒は自分のキャパシティを自然と心得ていて、その献身のほとんどは、昴への恋にささげるはずのものだった。

「あんたも、あんたの気持ちも救えない。そういうの期待されても、困る……」

言った七緒に、榛名はひどく驚いたように『へ？』と言った。やけにたっぷり黙り込んだあと、やがて彼は感慨深げな声で『そうか』とポツリとつぶやいた。

『そうか……。俺、救われたかったのか。……うん。おまえ、あんまり無防備なのに強くて、ずっと不思議だった。いらついて、でも気にかかって仕方なくてさ。羨《うらや》んでたのかもしれない。どうやったら、おまえみたいにひとりへの感情に真摯でいることができるのかってさ』

「俺は、ただ……、昴を好きなだけだよ」

『変なやつ。おまえ、結構誰でもちやほやしてくれるだろ？　その気になりゃ、キスも遊びもセックスも、割り切って適当に楽しい毎日が過ごせるだろうに』

ひと息にしゃべる榛名に、七緒は「いいや」と首を振った。

「そんなわけないよ。誰かと関係するのが、気楽なわけないじゃん」

『ほら、そういうとこが、変』と明るくくり返して、榛名は『ナナオ』と呼んだ。

『会ってくれないか。いや、会いたい。この仕事から帰ったら』

「高塔さん」七緒はぎゅっと目を閉じた。

やるせない苦痛を抱え持てあますふたりは、似ているから、たがいに理解し、きっと安らぎを与えられるだろう。

でも、間違ってる。こんな不安定な形でよりそう感情は、ただの憐れみだ。本物じゃない。

「そういうの、やめようよ、高塔さん。あんたのことは最初より嫌いじゃないけど、でも、無理にこじつけて会ったりするのはよそう。自然じゃない。傷を舐めあう関係なんて、不健康だ」

強い気持ちで言った七緒は、そのとき、榛名の哀しみのことだけを思っていた。

沈黙は、ふたりに穏やかに平等におとずれた。

『……不健康、魅力的なフレーズだね。ゾクゾクするよ。やっぱり、おまえ俺のこと好きだろ?』

榛名はちゃんと大人の男で、精一杯の七緒の思いやりを上手に見わけ、汲《く》んでくれている。からかうように優しくつぶやいた彼に、七緒も「バーカ」と笑った。

『なあ、聞いていい? 本当に失くしたくないものがあるとき、おまえならどうする?』

「……失くしたくないって、正直に言うよ。それしかないじゃん」

『おまえ、長谷ともう寝た？』

質問にまぎれて聞いた榛名に、七緒は呆れて、そして唇を綺麗な微笑みの形に上げた。

「あんたは、心の底から、本当に下世話だな。昴には、清らかな片思いだよ」

『清らかねえ。フーン。俺には、おまえらの関係に足りないのは、あとは身体だけに思えるけど』

さらりと言った榛名に、答えるべき言葉を持たず七緒は口ごもった。きっと榛名は、目に見えるものではなくその内側の、物事の本質が自然と視《み》えてしまう男なのだろう。

「……高塔さん。俺ね、この世でいちばん最初に見たのが昴だったんだ」

『ええ？』

「ほんとは、もちろん母親とか父親とか見たんだろうけど。でも、俺は昴だって信じてる。だから好きになったんだ」

『なんだよ、それ。インプリンティングかよ』呆れたようにクックッと笑った彼は、『やっぱ、いいな。おまえの発想ってユニーク。素敵だ、イカしてる』と手ばなしに七緒を賛辞した。

『それなら、次は、いちばん最初に俺の顔見ろよ』

「高塔さん……」

『俺も、そのときは言うよ。行かないでくれって、正直にさ』

初めて榛名の声で、榛名の言葉を聞いた気がした。

電話の向こうの榛名の、あの鳶色の美しいまなざしが自分を静かに見ているのを感じた。耳を澄まし、息をひそめる。アナウンスが大きく響いた。

「高塔さん。俺のこと、今なら何色だと思う?」

ふいに聞いた七緒に、榛名は『なにいろ?』と間の抜けた返事をする。

『ああ、イメージカラーのこと。一般的に、青は知的で清純。赤は情熱的でセクシーなイメージだけど、おまえは……今は赤が似合うかな。どう? 間違ってる?』

「俺は、昴を好きな自分だけは好きだ」

『え?』

「ほかのどんな自分が嫌いでも、昴を好きな俺は結構いい感じだよ。俺は人生とか恋愛とかの、複雑な仕組みはよく知らない。ただ、いつも自分にだけは嘘はつけないって思うだけだ」

息を呑むかすかな気配。拒絶ではなく、七緒の率直な告白をどう受けとるべきか図りかねているような、そんな榛名のとまどいの時間はそう長くはなかった。やがて彼は深々とため息を吐き出す。

『……そういう言い草は子どもだなと思うのに、チクショー、笑い飛ばせやしない。俺もまだまだ青いってことかな』

榛名の声は落ち着いていて、あの、七緒の胸を不安にさせた病的な苦しさは感じない。

『……ナナオ』

「うん?」

『話せて、うれしかった。ありがとう』

特別な約束を、榛名はもう口にはしなかった。必要だと思うなら、不自然にたぐり寄せなくとも、糸はとぎれることはないだろう。手の届かない場所でも、きっと続いている。

「気をつけて、行ってきなよ」

『ああ。それじゃ』

別れの挨拶《あいさつ》を告げても、しばらくどちらも携帯電話に耳を当てていた。やがて榛名が甘い声で小さく笑って、携帯にチュッと音をたててキスをした気配がした。そして、通話は切れた。

「……馬鹿だねぇ」

芝生に携帯電話を放ると、七緒は四肢を大の字に投げ出した。大地に寝転んで緑の匂いをいっぱいに吸い込む。さらさらと気持ちが流れていく。雪解けの気分だ。せきとめられていた榛名との関係の堤防は、春の雪のように溶けて今ゆっくりと動きはじめた。

変わっていく瞬間を、七緒は、物事はこんなふうに流れていくんだなと静かに感じた。自然にも、ねじ曲がっていたとしても、この世でだれにも平等なものは死と時間だけだ。目を閉じると、芝生の匂いに、かすかに雨の清《すが》しい香りが混じっている気がする。夕立がくるのかもしれない。

どれくらいそうしていたのか。世界は、眠りに落ちる間際の静寂にしんと包まれているかのようだった。風向きに呼吸を合わせ、ゆっくりと胸を上下させる。

転がしていたウォークマンのヘッドホンをつけると、七緒は再生を押した。足もとに焚《た》いた虫よけのキャンドルを蹴飛ばさないよう、用心深く裸足のつま先をうんと伸ばす。

聞こえてくるのは、昴の好きなジョン・レノンの歌だ。彼の最後のシングル。昴に音源を落としてもらっているのに、しばらく聴いていないから忘れてしまった。

英語のメロディを口ずさんでみる。ぽつりぽつりとささやくような鼻歌は、英語だからつっかえがちだ。

楠の葉がざわざわ揺れて、投げ出した手に芝生の感触がくすぐったい。

自分の声にふいに流暢《りゅうちょう》なメロディが重なったように聞こえて、七緒は目をぱちりと開けた。

耳の内側に響いてくるジョンの低い声を真似て、その軽快なテンポの鼻歌は続く。昴は唄いながらジーンズの長い脚を窮屈そうに折りたたむと、寝そべる七緒を真上から覗き込む姿勢でかがんだ。

その顔を見て、ああ、神様なんだとなぜだか七緒はそう思った。

「……ス、バル？」

真上にある昴の顔に濃い影が落ちて、ふっと風景がダブッた。微妙に輪郭がずれる。

青空、真っ白な八月の入道雲。祖父の古い木造の家と、あの木の独特の匂い。蝉の声に、庭の籐《とう》椅子、ラムネの瓶の透き通った不思議な緑色。

昴の日焼けした指先が、七緒の唇に触れた。

（ああ、これは三年前だ。）

（あれから何度も夢に見た場面を、また俺は体験してる。

熊本の祖父の家に四人で遊びに来て、いつの朝だっけ、そう、俺は庭の籐椅子で寝てて。

そこに、昴が来たんだ。昴は、）

「七緒」

（そう、こんなふうに俺を呼んだんだ。そして……、）

ほんの一瞬だけ、七緒の記憶は切なく錯綜《さくそう》した。

「〝STARTING OVER〟か。いいね」

はっきりと耳のそばで聞こえた昴の声に、七緒はまばたきをくり返した。楠の葉の合間には曇り空が覗いて、輪郭ははっきりクリアーになる。色褪《いろあ》せた記憶のモヤがぱっと晴れた。

「……あれ。本物の昴だ」

仰向けのままぽっかりと目を開けている七緒の額に、昴の指先がそっと触れた。汗をぬぐってくれるその優しい仕草に、七緒は泣きたくて、だから笑った。ヘッドホンを外し芝生に放る。

「どうした？　まさか、寝惚けて唄ってた？」

七緒の隣に座り、転がっていた水のボトルを勝手に拾うと、昴は「喉、渇いた」とそれをごくごく飲んだ。今日の昴の接触は無防備で、いちいち心臓に悪い。

「……半分、そうかも。昴は？　どうしたの？」

「コンテナ見に来た。何か買い足し行こうかと思ったんだけど。雨降りそうだな」

「そっか……。今なら、どんなの植える？」

「ん……。いろいろあるけど、ナツズイセンとかいいかもな。涼しい感じで」

他愛ない会話でも無性にうれしいのは、さっきの榛名との電話に酔っぱらっているせいかも。

七緒のかたわらに置かれた携帯電話を眺めて、昴は少し眉をひそめた。なにも言わないけれど、もしかしたら昴は榛名とのやりとりの気配を感じているのかもしれないと七緒はふとそんなふうに思った。

相手の引いた線からは踏み込まず、干渉もしない。だれも傷つけず自分も傷つかない、大人の上手な付き合い方。そう、自分や学校の仲間も、誰に教わるでもなく自然とそんなやり方を身につけはじめているはずだ。

自分のジーンズの太腿を、昴は神経質に指で何度か叩く。本当に禁煙しているらしい。滑稽で、でも誠実な努力だ。

「……俺さ、途中の、ほら、あそこが好き」

前髪を掻き上げる昴の癖を、七緒は斜め下から見上げる。どうしたらいちばん自然に昴に触れられるだろうかと思案して、結局、彼のシャツの裾をそっとつかんだ。

「どこらへん？」

昴が口ずさむ歌詞の途中で、七緒が「そこ」と昴のシャツをつんと引っ張った。

「そう、そこらへん。訳詞、教えてくれただろ？　格好よかった。好きだと思った」

〝今こそ翼を広げ、はばたくときだ。〟

そして、こう続く。

「〝これ以上、時をむだにはできない。……そう、僕らは生まれ変わるんだ。〟」

昴の横顔の唇がそうつぶやくのを見た瞬間、その乾いた声に、がむしゃらな愛しさに、七緒はとっさにその声ごと唇をふさぎたくなった。まったく、性欲ってものはいつも嵐みたいに唐突だ。

「……生まれ変わる」

不思議な発音の、未知の言葉に聞こえた。くり返し口ずさんだ七緒を、昴が見た。

真っ黒な昴の瞳の虹彩に自分が映ってる。それが宇宙のようだと思って、やっぱり昴は俺の神様なんだろうなあと七緒は切なく思った。宗教のように、たったひとつ、全身全霊で傾倒する神様だ。

「何だよ、昴。キスでもしてほしい？」

「え……?」

「じっと見ちゃって、何か情熱的なまなざし」

指を伸ばし昴の格好いい鼻をきゅっとつまむと、七緒は「ジョーダン」とけらけら笑いだした。乾いた、明るい笑い声だ。昴はポカンと七緒を見下ろしていて、七緒が何度も鼻をつまむので、しまいには一緒に笑った。「バーカ」と七緒の頬を指で引っ張る。

「ひさびさに、七緒の軽薄なセリフを聞いた」

「ハハ、だってさ、口がさみしそうだったから。慣れない禁煙してるんだって?」

笑いながら、きっとたがいにどこかでホッとして、昴は七緒の手を引いて立たせる。楠の下から抜けるとき昴が「誰に聞いた?」と聞いて、七緒は「きまってるだろ。聡だよ」と答えた。

昴が防虫キャンドルの火を吹き消す。その左手首を拾って腕時計を確認すると、もう三時を過ぎていた。榛名から電話がかかったのが二時を少し過ぎた頃だったから、三十分以上もぼんやりしていたらしい。

「あれ、昴、今日ガーデニングの学校の日じゃなかったっけ?」

「最近、仕事が忙しいから休んでる。今の仕事がひと段落ついたらまた通うよ」

「ンなこと言ってさ、ほんとはあれじゃないの。ほら、生徒のおばちゃんにセクハラされてるらしいじゃん。ふくよかな、脂ののったマダムにさ」

「……それも、聡かよ。クソ、あいつにはなにも話せねーな」

嫌な顔で七緒を睨んで、それでも昴は黙ってサンダルを履く七緒に肩を貸してやった。

「庭、俺も一緒に見ていい？」

ひかえめに昴を窺う七緒に、昴は「おまえン家の庭でしょ」という表情をした。キャンドルを入れたカンテラを下げて歩き出す昴に、携帯電話とウォークマンを拾った七緒は、その背中を見ながらぶらぶらついて歩く。

昴は、広い庭の隅々まで樹木の葉と枝の様子を見て、土の具合に触れる。葉の繁り具合や風通しを細かくチェックし、日当たりや害虫にも注意をはらう。昴の仕事はいつも丁寧で心がこもっていた。

「朝顔、結構伸びたな。蔓《つる》でいい日陰ができてるみたいだ」

「うん」

「コンテナ、やっぱりちょっと淋しい気がする。ヒメシャラとかも優しいし、あるといいかもな」

「そうだね」

七緒にというより、この昴はひとり言だ。しゃがみこんだ生真面目《きまじめ》で勤勉な従兄弟の横顔に、隣に座ってうんうんとうなずいて、おかしさをこっそり噛みしめる。昴の後ろ髪をちょんと引っ張ってみた。自然が介在すると、昴との関係にはたちまち面倒なルールがなくなる。

ありのまま、ずっと昔の、まだ恋愛じゃない頃の指先で自然に彼に触れることができた。

「昴さ、この庭、愛着あるだろ？」

「ああ？　なに、急に」

「好きスキ、可愛《かわ》い。たまんねーって、表情してる」

肩をごしとすり寄せてくる七緒の仕草に苦笑して、昴は鼻の頭を掻いてうつむいた。芝生に触れる。

「……まあ、このエクステリアは最初の仕事だったしな。プランニングも図面も任されて、もうワクワクして嬉《うれ》しくてさ。どうしても気持ちが入っちゃうのは、仕方ない」

「うん。仕方ない」

昴の隣で、七緒も同じように芝生に触れてみる。昴の言葉を幸せな気持ちでくり返した。

四年前、庭の立木を整えたいと言い出した母親に、「じゃあ、昴に頼めば」と提案したのは七緒だ。今までのイメージを壊さずに、もっと花や新しい樹も増やして、そこに昴のセンスというエッセンスを加える。七緒と彌生のお気に入りの庭に、昴は優しい新しい生命を吹き込んでくれた。

「俺もね、この庭、大好き」

素直な気持ちで七緒が言うと、目があって、昴は照れくさそうに笑った。その笑顔が、ふいにあどけない、いくつも若い少年のように見える。

「もしかして、庭って子どもみたいなもん？　昴にとって」

七緒の言葉に昴は少し黙った。考えて、思慮深い様子で「いや」と口ごもる。

「エクステリアのデザインは、本能みたいなものなんだ。クライアントの要望を聞いて実際に現場を見ると、頭の中にパッと風景が浮かんでくるんだよ。色彩も材質も鮮明に。もちろん、技巧とか人工的な研磨は必要だけど、デザインだけだったら、俺にとって庭は魂に近いものかな。俺の本質とか、根っこみたいなもん。変な言い方だけど、時々俺自身を見せてるような、赤裸々っていうか、錯覚することがあるよ」

「フーン……」

緑に触れる昴の親指をじっと眺めて、それは、芸術に近い気持ちだろうかと七緒は想像した。

去年、雑誌に昴の手がけたいくつかのガーデンデザインが紹介されてから、彼の仕事も忙しくなった。念願のランドスケープアーキテクトの仕事も、図書館の外回りという大きな発注がきたし、きっと遠からず昴は独立するだろうと、長谷の叔父《おじ》がいつか話していたのを思い出す。

昴の時間は確実に進んでいる。自分ひとりがあやふやな狭間《はざま》に立ち止まっている気がして、焦る。

「昴、昔から植物とか本当に好きだったよな。造園目指したきっかけって、やっぱぽそれ？」

昴の指先が止まる。指先からなにげなく視線を上げると、肩越しに自分を見る不思議な昴のまなざしとぶつかった。

「きっかけは、おまえ」

「え?」

「最初に植物好きだったのは、おまえだよ」

ぶっきらぼうに言って、昴の指先はジーンズの尻ポケットに無意識に煙草を探す。禁煙を思い出したのか「ああ」と低くうなると、彼は前髪をがしがし掻いた。

昴は、いつも多くを話さない。七緒はただ黙って昴の言葉を待つだけだ。

「……子どもの頃、俺が花摘んでやったの憶《おぼ》えてる?」

ふいに言った昴に、七緒は首を振った。昴は七緒を少し見て、「うん」と笑った。

「まだ三つくらいの頃だもんな。七緒、小さい頃から緑とか花とか好きだったんだぜ。俺がそこら辺の原っぱで摘んだ花でも、持っていってやったら、すごいよろこんでくれるんだ。こう、ニコッてさ、笑ってくれて」

「……俺が? ウソ、するかよ、花見てンな、ニコぉとか」

「それが可愛かったんだって。あの顔が見たくて、俺と彌生で冬でも花探しに行ったりした。ふたりで競争して、われ先に七緒王子のもとへと駆けつけたもんだよ」

「彌生、も?」

「もう、すげーの。ムキになって、おたがいにライバル心剝《む》きだしでさ」

聡にはちっともかまってやらなかったけどね、と思い出している横顔で昴は穏やかに笑った。

「おまえ、喘息しんどかったしさ」

昴の体温の低い指先が、七緒の髪をくしゃりと撫でる。

「ガキの頃は単純だから、好きなものでおまえの気が少しでもまぎれるならいいと思えたんだ。それでも、大人になった俺は、最初は建築目指してみたりもしたんだけどなあ。悪あがきだったたか、うん。結局、グリーンにたずさわる仕事に行き着いちまった」

身体が全部ひとつの心臓になったみたいだった。トクントクンと、澄んだ鼓動がいっぱいに響く。

自分にささやきかけてきた、聡や榛名や咲和子の、いくつもの、力強いまなざしや生き方や覚悟がよみがえった。

「昴、熊本、行こう」考えるより先に、本能がそう言わせた。

「……え?」

昴のポカンとした表情を見て、ああ、どうしても行かなくてはいけないと七緒の中の何かがせかす。立ち上がり、今度は七緒が昴の手をひいた。雨の匂いと、昴が近くなる。

「熊本、行こう。じいちゃん家、なくなる前に」

「七緒……」

ポツンと雨の雫《しずく》がてのひらに落ちた。シャツの背中にも、肩にもポツポツと水滴が当たる。昴の顔に雨がつたったのが、まるで涙のように見えた。

「俺、来週、予備校の盆休みが三日あるんだ」

「七緒、俺は……」

「斎さんにも会いたいし。見に行こうよ、ペルセウスの流星」

雨の中、たがいの髪に雫が落ちて濡れても、ふたりは見つめあって動かなかった。

このときの昴は、まるでいつか七緒がそう言い出すのを待っていたかのように、奇妙に穏やかに七緒を見た。美しく澄んだ、あきらめに似た表情でたたずんだ昴を、七緒はそれから長い間ずっと忘れずにいた。


盆の最中に家を留守にすることは、七緒《なお》にとって容易ではなかった。

普段から七緒の外出に神経質な母親に「彌生《やよい》が来るのに」となじる勢いで責められ、結局は昴《すばる》が一日だけだからと郁子《いくこ》を説きふせてくれた。一泊になったのは、昴が仕事の都合で時間を作ることができなかったからだ。

「僕、行かないよ。クラスの友達と約束あるからね」

本当なのか嘘《うそ》なのか、入れ知恵の張本人の聡《そう》はケロリと言った。どっちが裏で表なのかわからないくらい真っ黒に日焼けした彼は、出かける前夜、七緒にこっそり「よかったな」と耳打ちした。

八月十二日、晴れ。家の門の前に立って見上げる真夏の空は、いつもよりずっと高く、遠くに見えた。朝早くから、蟬《せみ》の声が大音響で響いている。

つま先立って、朝の生まれたての空気を胸いっぱいに吸い込む。肺が冷たくて、何度も咳《せき》をしたけれど、嫌な気分じゃなかった。

この二日間は受験生の自分とはサヨナラだ。受験よりも大切なものを決めるために、自分は昴と行く。

昴のカブリオレはもう家の前に停《と》めてあった。黒いシャツにブランドもののサングラスをして、よそいきの昴はちょっと見惚《みと》れるくらいいい男だし、ふたりだけで旅行するのは初めてだ。緊張と希望と少しの怖い気持ちを詰めた旅行カバンを、七緒は車のトランクに無造作に押し込んだ。

陽射しが強いので車の幌《ほろ》は下ろしてある。エンジンをかけ、昴はカーエアコンをいれた。

ふたりとも、どちらも最初は無口になっていた。車の脇《わき》にたたずんで小石を蹴る七緒と、ロードマップを広げ眺める昴。黒い車のボンネットは、朝なのにもう熱くなっていた。

「昴ちゃん、迷惑かけてごめんなさいね。七緒をよろしくね」

まるで小学生の子どもに言い聞かせるような母親にうんざりして、七緒はそっけなく「いってくる」と告げると助手席のドアを開けた。

「昴、香代《かよ》さんたちによろしく。ご迷惑おかけしないのよ」

「はいはい」サングラスの下から、昴は自分の母親に軽くウインクしてみせた。七緒の様子をチラリと横目で見て、昴は静かに車をスタートさせる。

「昴、音楽かけていい？」

「うん……、なに？　ああ、なんとかの乙女っての」

「煙草《たばこ》、吸えばいいのに。我慢しちゃってさ、変なの」

ハンドルをコツコツ叩《たた》く昴に、七緒は自分のジーンズのポケットから煙草を取り出し昴に「はい」と差し出す。昴は首を振った。

「大人は、我慢する生きものなの。未成年、俺の前で絶対吸うな。放り出すぞ」

フンと鼻を鳴らして、七緒は煙草をダッシュボードに突っ込んだ。

「最初に、叔父《おじ》さん家に寄るよ。斎《とき》さんは、もうそっちに移ってるらしいから」

「……斎さん、いくつになるんだっけ」

「七緒、頼むからンなこと斎さんの前で聞くなよ。叩き出されるぜ」

ひょいと肩をすくめると、それから七緒はロードマップを取り出し眺めることに専念した。

密室のこの閉鎖的な空間は、他人の介在を拒絶する今のふたりの関係に似ている。

互いの指先にまで神経を張りめぐらせ、熊本に着くまでに窒息して死んでしまいそうだと馬鹿《ばか》げた想像がよぎった。まるで熱病みたいだ。

好きな音楽と、昴の横顔と。自分の右手のひとさし指のリングに無意識にさわって、落ち着かない気持ちをなだめる努力をした。期待と失望は紙一重なんだと、何度も胸に言い聞かせる。

なのに、あきらめきれずに、昴の気持ちに望みを抱いている。

「天気、いいね。よかった、きっと星きれいに見えるよ」

「そうだな」

「ピーク、今日の夜中から三時くらいまでだって」

沈黙のたびに昴が遠くなる気がして、思いつくまま七緒はあれこれとしゃべった。そんな七緒をどう思ったのか、昴は口もとでチラリと笑っただけだ。

今日の昴はひどく物静かで、七緒のすべてを許して隣に座っているみたいだった。七緒ひとりが空回りする。

高速道路を使った熊本までの道のりは、渋滞もなく、二時間で市内に入れた。

叔父の将康《まさやす》は七緒の父親たちにとって一番下の弟だ。家は繁華街に近いにぎやかな場所に位置していた。右手に熊本城が見える。一度春の季節にたずねたとき、桜の花が夢のように儚《はかな》く美しかったのを覚えている。

三年の間に、新しい建物がずいぶん増えた。新幹線も開通した。市街のたくさんの人が行き交う交差点と、過ぎていく時間を、七緒は窓の外に眺めた。

「変わったなあ」と七緒がしみじみつぶやくと、昴は今度はなにも言わなかった。

叔父の家に着いたのは、十一時頃だった。七緒たちの家とはまったく趣が違う、和風の広い造りの家だ。おととし建て替えて、まだ真新しい木の匂いに包まれている。

車を降りたふたりを玄関の外まで迎えに出てくれたのは、叔母の香代だった。最初に七緒に笑いかける。

「昴ちゃん、七緒ちゃんいらっしゃい。暑いから疲れたでしょう」

「こんにちは。叔母《おば》さん、突然押しかけてすいません」

「うちなら、いつでも大歓迎よ。ナオちゃん、ほんとにひさしぶりね。彌生ちゃんの初盆以来かしら」

「はい。いきなり来て、ほんとすみません」

七緒のあとに玄関をくぐった昴も、サングラスを外し、香代にぺこりと頭を下げた。

「こんにちは。叔母さん、ごぶさたしてます。これ、瀬里とうちからです。よろしくとことづかりました」

髪が伸びて年増の不良みたいになっている昴の格好に、香代はちょっとびっくりした様子だったが、差し出された菓子折を受けとり、笑顔でふたりを家に上げる。長い、ぴかぴかの木目の廊下を歩いた。

「新しくなってから、初めてよね？」

「はい。立派な家ですね。ああ、庭も立派だ。いいですね」

手入れの行き届いた、美しい枯山水の庭だった。昴は少し立ち止まって、仕事の顔で香代といくつか庭の話をした。身内の庭が丁寧に作りこまれているのが嬉《うれ》しそうだった。

「まずは、お祖母《ばあ》ちゃんにご挨拶《あいさつ》してくださいね。お待ちかねよ」

客間の襖《ふすま》を開けると、かすかに白檀《びゃくだん》の香りがただよう。嗅ぎなれた優雅な香りだ。

雪見障子からは広い中庭が見渡せる。涼しい風鈴の音が響く明るい和室に、夏ものの水浅《みずあさ》葱色《ぎいろ》の和服をきちんと着こなし端座した祖母は、入ってきたふたりの孫の顔を見てにこりと微笑《ほほえ》んだ。

「ひさしぶりだね、七緒、昴。もうちょっと近くに来て、早く顔を見せておくれ」

「斎さん、ひさしぶり」

どんなときでも薄化粧をほどこし、紅をひく。もう七十をとうに過ぎたというのに、斎は背筋のまっすぐな凛《りん》とした美しい女性だ。目の前に座ったふたりの孫の顔を交互に眺めて、そして昴を見て「フフ」と笑う。

「なんだい、昴。髪なんか伸ばして色気づいちゃって」

「……あのね、斎さん。俺、じきに二十五だぜ？」

「七緒は背が伸びたのに、おまえはちっとも大きくならないね」

「だから、じきに二十五だっての。成長期のこいつと一緒にしないでくれよ」

言いながらも、昴は愉快そうにニヤニヤ笑っている。

「斎さん、ちっとも変わらないなあ」

「歳はとってますよ。ただ、もう長い間生きているからね。いくつになったかそんな些細なことは覚えちゃいられないし、気にもできやしない」

七緒も昴も、いとこたちはそろって、幼い頃からこの上品で快活な祖母が大好きだった。厳格な気性だった祖父とも、強く尊い絆《きずな》で結ばれ添いとげた斎だ。

笑い声には彼女の生き方や気性が深くにじんで、何年かぶりに聞くその声が心に沁《し》みた。真新しい見慣れぬ家も、斎がいるだけで懐かしく優しい場所になる。

香代が出してくれた冷たい麦茶を一気に飲みほすと、汗もひいた。昴は雪見障子を開けると、広縁へと出た。鴨居《かもい》に手をかけ庭をぐるりと眺める。

「いい庭だね、ここ。つながりがスムーズだし、錆砂利《さびじゃり》が奥行きを出してる」

「おやおや。さすがに本職は見るとこが違うね。ありがとう。いいでしょう、あたしの自慢なのよ」

逆光のシルエットで、昴の輪郭がぼやける。目を細めた七緒の頬《ほお》に、祖母の、硬く白い美しい指が伸ばされ包み込むやわらかさで触れてきた。四分の一外国の血が混じった斎の、色素の薄い瞳が七緒をじっと覗《のぞ》き込んだ。

「斎さん？」

「七緒、痩せたねえ。大変なのかね、あんたもいろいろあるね」

困って眉を寄せた七緒に、斎はそれ以上はなにも言わずにただそっと笑った。

「郁子さんは、元気にしてるの？　三回忌ですから、あたしもそっちに寄ろうと思ってたのよ」

「……母さんは、以前よりはいいよ」

斎との会話には、多くの言葉は必要としない。大雑把《おおざっぱ》なやりとりの表情や声の機微でいくつもの想いをすくいとっていく、そんな繊細な配慮をする祖母だ。振り返った昴が、ふたりを見つめる。

「好きなものと別離《わか》れるってのは、いくつになっても哀《かな》しいことだよ。でも無理はしちゃいけない。哀しいときは哀しいって吐き出しとかないと、いつまでも苦しさは残るものだからね」

「うん……」

「七緒、人との関わりっていうのは、否定することじゃなく肯定することからはじまるものなの。郁子さんにも、あんたにも、もう少し時間がたってくれるといいね」

いくつもの経験を乗り越えてきた斎の言葉に、ふいに感傷的になって七緒は少し涙ぐんだ。斎が七緒の頬を慈しみ、撫《な》でる。

「彌生は、本当にいい子だった。あたしは、大好きでしたよ。もっともっと生きてくれててほしかったねえ」

「ん……」

風鈴の軽やかな音が響き、昴が目をふせた静かな気配がした。こんなふうに、誰かと彌生のことを優しく話せることが七緒にはうれしかった。

「……バタバタで悪いんだけど、あんまり長居できないんだ。斎さん、高森の家の鍵、貸してもらっていいかな」

「はいはい。まだガスも水道も使えるからね。昨日、香代さんが掃除に行ってくれてるから、ちゃんとお礼言っときなさい。あと、これね」

言った昴に気を悪くするでもなくうなずいて、斎は脇に置いていた風呂敷包みをふたりの前に「はい」と差し出した。

「これ、以前来たときにこしらえた浴衣《ゆかた》。タンスにしまってたのを見つけたから、出しておいたの。七緒のは丈を直してあるから、ましに着られると思うんだけどね」

「……こっちは」昴の指が、風呂敷の上にのせられたポチ袋をふたつつまむ。

「心づけですよ。ほんの、少しだけどね」

「斎さん。ナオはともかく、俺はこれでも社会人なのよ？　こづかいなら、あげる立場……」

「しのごのうるさいねえ。いつからそんなに理屈っぽくなったんだい、昴？　いくつになっても、生涯、あんたたちはあたしの可愛《かわい》い孫ですよ」

七緒と昴は顔を見合わせ、苦笑した。照れくさいような誇らしいような気持ちで、袋を受けとる。

「……ありがとう、斎さん」

「どういたしまして」

軽やかに笑うと、斎は「ああ、今夜は星がよく見えそうだね」と言った。それは予言のように聞こえて、七緒の心を少しはげました。

香代の心づくしの昼食をごちそうになり、ふたりは叔父の家をあとにした。車に乗り込む昴に、見送りに出てくれた斎がふいに「煙草、やめたんだね」と言った。

サングラスの向こうで、昴が目を細める。彼女は昴にだけ聞こえる声でそっとささやいた。

「苦労性だねえ、昴。悪い癖だよ。なにもかも、全部ひとりで背負い込まなくていいの」

昴を見つめる祖母のまなざしは、まるで母親の慈しみに満ちていた。不思議な空気がふたりに流れる。昴はどこかが痛むように唇をきつく結んで、無言で小さくうなずくと運転席に滑り込んだ。

その会話は聞こえなかったけれど、七緒はふたりの表情を見ていた。

「帰り、また寄るかもしれない。明日の昼頃」

「そんなこと気にしなくていいよ、七緒。あわただしくなるからね。昴、運転気をつけなさい」

「……はい。叔母さんも、お邪魔しました。将康叔父さんによろしく」

「気をつけてね」

祖母の澄んだ瞳が、車が遠ざかってもずっと見ていてくれるような、そんな気持ちで七緒はルームミラーをじっと見ていた。

祖父の家がある高森までは、市街から車で一時間以上はかかる。温泉もある山間で、祖父の家からは阿蘇山も見える。自然に囲まれた閑静な場所だ。

午後になって陽射しは強くなった。雲ひとつない晴天は、ペルセウスに絶好の条件だ。運転する昴の横顔は、また見えない透き通った殻をまとったように穏やかで落ち着いていた。

「俵山峠越えて行こう。景色いいし」

「うん」スニーカーを脱いで、七緒は助手席で膝《ひざ》を抱いた。

「花高原で向日葵《ひまわり》でも見ていく？　サルビアとマリーゴールドも見頃かな。ああ、ビール買ってくか。銀河高原ビール」

今度は昴の提案がどこか空回りする。高森の家に着くのを一秒でも延ばしたい、そんなそぶりだ。

「明日も運転するんだから、酒はだめ」と七緒がそっけなく言うと、昴が「ハア?」と右肩をおおげさにすくめてみせる気配が視界をかすめる。

「七緒から、そんな品行方正な言葉を聞くとは。それにひと晩たてば、酒抜けるし」

「さっき、斎さん、煙草がどうとかって言ってたけど。あれ、なに?」

昴を見ないで聞いた七緒に、昴は少しの間黙り込んだ。そして「べつに」と言った。

「べつに、禁煙してるのがめずらしかったんじゃないか? 斎さんの前でも、いっつもスパスパやってたから」

「……そうだっけ?」

「斎さんって、あの人、超能力もってるかもね」

唐突に言った昴の横顔は、存外真面目《まじめ》だった。その隣の昴を「へ?」と思わずまじまじと見て、七緒がまばたきをする。

「俺、斎さんのこと無条件に好きだし、でもどっか苦手なんだ。ガキの頃から、ずっと」

「えっ……、そうなの?」

「そうなの」目を丸くする七緒に、昴は笑ってアクセルを踏んだ。

昴はクールで、誰かを苦手とか嫌いとか、そんなわずらわしい感情とは無縁の男のように思っていた。

彌生のときも、そうだ。ふたりは仲良くやっていたけれど、男とか女とかそんな生々しさに欠けた、曖昧《あいまい》で、もっと柔和な関係に見えた。

今日は、きっと彌生がそばにいる。ふたりの間で彌生が微笑み、行き先を見きわめようと指をまっすぐに空へと伸ばす。

運命の糸は昴がたぐるのだと、このときの七緒はそう信じていた。

三年前、彌生と最後に過ごした熊本の夏が、またふたりにおとずれる。


市街地から俵山峠を越える登りの斜面では、西側に有明海が見渡せる。雲ひとつない快晴の今日は、向こうに雲仙まで見ることができた。そして峠を越えると阿蘇山の雄大な姿が見えてくる。

「窓、開けていい？」

昴はいいよと言ってくれた。エアコンはきいていたけれど窓を大きく開け、風がビュンと音をたててうなる。陽射しは白く眩《まぶ》しくて、爽快な気分だった。

この土地の空気は、まるで昴の宇宙にある中庭みたいだ。空と自然と人間が対立しない、共生する厳しさや美しさをありのままに見せてくれる。人間はきっと大地に眠り大気に還《かえ》るんだと、七緒の本能はそう教える。そんな安らぎに満ちた世界だった。

途中のコンビニで一度車を停めて、昴は夕食の簡単な買い物をした。缶コーヒーを二本買って、ふたりはコンビニのそばに流れている川を見ながらそれを飲んだ。

夏の陽《ひ》は長い。七緒は橋の欄干から水の流れをぼんやり見下ろした。澄んだ綺麗な水に、陽射しがきらきら反射する。

「昴、なあ、あれ魚が泳いでる。ちっちゃいやつ」

「ここらへん、白川水源じゃない？　名水百選だぜ、たしか」

フーンとうなずいて、七緒は熱心に水面を眺めた。昴の視線は、七緒がぶらぶら揺らすスニーカーのつま先を何気ないふうに見ている。

「じいちゃん家もさ、ずっと裏のほうに川あったよね。昔、一度行ったきりだけど」

「え、おまえ覚えてるの？」

うんと、七緒はひかえめにうなずいた。蹴った小石が落ちて、チャプンと水音をたてる。

「俺が滑って川にはまって、ずぶ濡《ぬ》れになったよね。泣くわ咳出るわで、ぐちゃぐちゃだったんだよね。昴、おぶってくれただろ？」

「うん。おまえ、夜、熱出してさ。何か知らないけど、聡までわんわん泣きやがるの。あいつ、やかましいったら」

当時の騒動を思い出したのか、呆《あき》れた顔の昴は、でも言葉ほど不機嫌ではなかった。

「あの水、夏なのにすげえ冷たかったんだよな。俺も泳ぐのは無理だった」

「今の聡なら、泳ぐかも」

「かもな」とうなずいたあとに親愛をこめて「水泳バカ」とポツリとつぶやいた昴に、同じことを考えていた七緒は可笑《おか》しくなった。優しい気持ちで、そっとうつむく。

それから、ふたりはしばらくの間、黙って同じ水の流れを見つめていた。

七緒は、ただ無性に、昴と他愛ない会話が交わせることが嬉しかった。

同じ水面を見つめる昴が、どんな思いで、なにを考えていたのかは知らない。静かな時間と凪が、ふたりの隙間を通りすぎていく。

そっと隣を窺《うかが》うと、煙草を吸わない昴の横顔は、何だか間が抜けて愛《いと》しくて、そして孤独な男に見えた。

俺は、兄貴の女房が好きだったんだ。

二年前、死んだ。あいつ、中途半端なまま気持ちも全部持っていっちまいやがった。

榛名《はるな》の言葉が目の前の昴に重なり、混じり、やがて透き通った。似ているとずっと思っていたふたりの苦悩に、七緒は一瞬触れた気がして、けれどそれは形になる前に胸を素通りしていく。

「……昴」

そっと呼びかけると、昴はきっといつものように振り返ってくれる。

いつものように七緒を見て、安心させるように少し肩をすくめる。

それなのに、今の昴は、もう二度と逢《あ》えないようなひとの瞳で七緒を見た。じっと、七緒を見つめた。

「昴……？」

もう一度呼ぶと、昴はにこりと笑った。「七緒、持ってて」とコンビニの袋を七緒に渡し、ジーンズのポケットから取り出したゴムを口にくわえると、無造作に髪を結いはじめる。

ひょろりと長い手足と、痩せぎすなウエスト。緑の風景にたたずむ昴の黒いシャツが太陽に不思議な色に融《と》けるのを、七緒は息をひそめて見守った。

「そろそろ、行こうか」

手を伸ばしコンビニの袋を受け取る昴と、指が触れた。

陽射しが白くてまぶしくて、目を開けていられない。

高森の祖父の家に着く頃は、もう陽射しは暖色へと変わりはじめていた。

蜩《ひぐらし》の鳴き声が響いている、山間の古びた大きな一軒家。いちばん近い隣の家も歩いて五分近くはかかる。日が暮れるのも早い、うら淋《さび》しい場所だ。大勢で訪ねて斎が迎えてくれた頃は気づかなかったが、こうして見上げる無人のこの家は、たしかに不用心だし心細いように思えた。

鬱蒼《うっそう》と木の生い茂った玄関から屋根の上に、濃い影がゆらゆらと揺れるのを、怖いような懐かしいような子どもの気持ちで目を凝らす。

十年近くの歳月と祖父の魂とともに、斎はこの初夏まで、ひとりこの家の守りとして過ごしたのだ。

「……こうして見ると、ちょっと怖い感じがするな」

隣で同じように家を見上げた昴が、ポツリと言った。

「目に見えない空気に守られてるっていうか。長く暮らすと、建物にも魂が宿るのかもしれないな」

迷信のように、厳かに言う。ああ、そうだ、愛情や愛着の気持ちが強ければ、そんな奇跡もきっと起きるかもしれないと七緒は思った。

故郷というものが自分にあるとしたら、その場所はきっとここなんだ。

「……ただいまって感じ、しない？」

言った七緒の横顔を少し見て、昴は「ああ」と言った。

「そうだな。そうかもね」

それから昴はジーンズのポケットに鍵を探ると、それを七緒に放った。

「七緒、鍵あけといて」

それを受け取り、七緒は引き戸の鍵を開けた。昴は車のトランクから荷物を下ろしている。

がたがたと立てつけの悪い玄関を開けると、古い家特有のひんやりした空気が流れてくる。三和土《たたき》にスニーカーを脱ぐと、冷たい廊下は裸足《はだし》に心地よかった。この家の夏は過ごしいい。

「三年ぶり、かあ……」

薄暗い廊下は埃《ほこり》っぽさはなく、香代の神経の行き届いた掃除が感じられる。何気なく廊下の奥を見た七緒の表情が止まる。かすかな呻《うめ》きが洩《も》れた。

長い暗い廊下は永遠に続いていて、その先に彌生がいた。

ナオ、早く来て。ねえ、花火しよう。

やわらかい高い声が、あちこちに軽やかに響く。彌生の白い指先がそっと髪に触れたようで、七緒は彼女の名前を呼ぼうとした。

「やよ……」

廊下の蛍光灯がパッと輝いて、七緒はハッと振り返った。

昴が電灯のスイッチを入れたところだった。白い顔をしている七緒に眉をひそめると、近づいてその額《ひたい》に無造作に触れた。

「どうかした?」

「あ……、ううん。ちょっと、暗かったから」

「ああ、やっぱ古い家だから暗いな。夜みたいだ」

夜みたいだ。昴の静かな言葉の調子と体温がスッと沁みて、胸の振り子はゆっくりと落ち着いていった。平常心、平常心。そう何遍も言い聞かせる。

「ホントに平気？　寒くないか？」

「大丈夫だって。真夏だぜ？」

額をごしごしこすってくれる昴に、七緒はその向こうずねを軽く蹴飛ばした。

昔の造りの平屋は、梁《はり》も鴨居も高く組んである。昴のような背丈の高い青年にも、窮屈には感じられない開放感が気持ちいい。襖の取りはらわれた二十畳近い続き間を大股で横切って、昴は台所や風呂場やあちこちを覗いた。家のちょうど中心で立ち止まって、ぐるりと部屋を見回す。

「しかし、見事にさっぱりしたな。冷蔵庫と、ちゃぶ台、扇風機ひとつ残すのみ」

「すげえ、広く感じる。大きい家だとは思ってたけどさ、ものがなくなるとよけいに」

「人間の生活に、いかに過剰にものが多いかってことを教えてくれる光景だね」

哲学的な昴の隣にしゃがみこんで、七緒は顔を見上げた。

「……なんかさ、ちょっとあれっぽくない？　新居を見に来たカップルとか」

呆れたような目線で見下ろし、昴は鼻の頭にシワを寄せると、「馬鹿」と七緒のつむじを小突いた。

「築半世紀の新居かよ。ずいぶんワビサビのきいたカップルだな」

「庭は、昴が好きにしていいよ。俺たちで、ここ買い取ろうよ」

「……バーカ」

真面目な顔で見上げる七緒の純情に、もう一度昴は言った。優しさが微笑む目尻ににじむ。

「くだらないこと言ってないで、ビール冷蔵庫にしまってきてくれ。電源入れろよ」

「ハーイ」のろのろと立ち上がると、七緒は昴の言いつけに従った。

それからの昴は七緒よりもやることがたくさんあって、忙しそうだった。テレビも娯楽もない七緒は、昴がコンビニの出来合いでありあわせの夕飯の用意をしている間、家の中を見て歩いた。一度「手伝おうか」としおらしく言ってみたけれど、昴に「うるさい」と追いはらわれた。

「昴、携帯すげえ普通に使える。こんな山奥なのに」

「斎さんがいる間に、そういうの全部整備したらしいぜ。見かけによらず超近代的なんだって、叔母さんが」

「そうなんだ」

平屋のこの家は、廊下で続いている南の離れをあわせて部屋が六つある。七緒たちは子どもの頃から離れに泊まるのが習慣だった。

廊下を歩くとミシミシ軋《きし》むのは、その頃から変わっていない。こぢんまりとした客間用の離れは、今は夕暮れに薄暗く、少し黴《かび》くさかった。部屋の隅に重ねてある敷布団を見ないふりをして窓に近づくと大きく開け放つ。ぬれ縁と中庭と、その向こうに遠く阿蘇山まで見渡せる。この家でいちばん見晴らしのいい部屋だ。

柱には黒いペンでつけられたいくつもの棒線と、日付けと名前。最後は三年前の、聡の名前だった。まだ七緒より小さい頃だ。

町の祭りに行って、毎日スイカを食べて、真夜中まで起きていてホラー番組を見た。夏休みの宝物の時間を、自分たちはこの家で育んできた。きらきらして、本当に輝いて大切な時間だった。

離れのぬれ縁に腰かけた七緒の肩に、彌生がことり頭をもたれてきた。シャンプーのいい香りがして、花火の音にまぎれてなにかをささやいた彌生の声は七緒には聞き取れなかった。

あれは、そう三年前の最後の夏。花火は、前夜祭だ。きまって、帰る前の夜の約束だった。

実の姉に抱く、罪悪感と愛憎。複雑で滑稽で、俺たちは何て低俗な、でも愛しい関係だったんだろう。

土間に、香代が置き忘れたのかサンダルがぽつんと残されていた。自分みたいだなとちょっと思って、ぬれ縁から降りるとそれをつっかけた。中庭から、ぐるりと主庭《しゅてい》へとぶらぶら歩いていく。

沈んでいく太陽が、ひどく近くに大きく見えた。あざやかなオレンジに染まる庭の、木陰とのコントラストが濃い。自然の鼓動しか聞こえない、静かな時間だった。

広い庭の真ん中に立って、七緒は大きく背伸びをする。夕焼けの空に北東の方角を探し、ここから見るペルセウスの一瞬のきらめきを思い浮かべた。

「……まだ、あったんだ」

大きな楡《にれ》の樹の下に、枝に隠れるようにひっそりと籐椅子《とういす》がひとつ置いてある。幾夜かの雨にさらされ色褪《いろあ》せた背もたれに、愛おしむ気持ちでそっと指を這《は》わせた。積もった葉をはらい、座ってみる。深くもたれるときしりと音が鳴って、籐の褪せた匂いを吸い込んだ。

目を閉じても、もう時間は後戻りしない。三年前と違う昴と自分が、今、同じ場所にたたずみ呼吸をしようとしている。

幸福でいてほしいと、いつか昴はそう言ってくれた。

「……俺も、そう思ってるよ」

心から、本当に。あのときつぶやいた言葉をくり返し口ずさみ、七緒は、昴がもたらすどんな運命をも享受する勇気を願った。


鈴虫の鳴き声が響く広い畳の真ん中に、小さなちゃぶ台がぽつんとひとつ置かれている。丈の高い男がふたり、窮屈にそれをはさんで向かい合っている。

窓際に台を運ぼうとした昴を、仁王立ちの七緒が軽蔑の視線で「セコい」と言い放ったからだ。

「端っこなんて、ケチケチすんなよ。広い部屋の真ん中で、どーんと食うの。これがいいんだって」

庭の真ん中に向日葵が咲いている。夕暮れの終わりがけの薄闇にひっそりとたたずむ花の姿が、ずいぶんとノスタルジックな、不思議な色合いに見える。七緒はその向日葵がよく見える場所にパーティーをセッティングした。

「やっぱり、食卓には花がないとね」

苦笑する昴は、全部を七緒の気に入るようにさせた。言葉ほど七緒を子どものようにあつかわない昴だが、今日は年下の従兄弟《いとこ》が見せる奔放で伸びやかな仕草《しぐさ》を、ありのままに受けとめてやる。

気まぐれな猫の我儘《わがまま》と媚《こび》を甘受する、愚かで幸福な飼い主のように。綺麗な七緒の様子を眺めてみるのも、昴には満更でもない様子だった。

この空間にあるものは、食卓を飾る少しの惣菜《そうざい》、缶ビールが一本と、ささやかな会話、そして昴と七緒だけだ。

なるべく普通に昴を見る努力をすると、そのたびに彼はちゃんと七緒の目を見て小さく笑ってくれた。いつも難しいと思っていた昴との距離のとり方が、今は苦にならない。懐かしい場所やこの自然の空気がそうさせるのか、昴はひどく七緒に打ち解けているように見えた。

昴が微笑むと、七緒の胸は温かくなる。紙コップに一本のビールをわけて、それを触れあわせる瞬間に七緒が言った。

「何に、カンパイ？」

「乾杯？」目が疲れたと言って眼鏡《めがね》をかけている昴は、レンズの向こうの瞳をしょぼしょぼと細め、自分のビールをじっと見る。考えるように視線をめぐらせ、やがて彼は「ああ」と言った。

「そうだな……、この家と、ペルセウスの夜と……あと、彌生にってのはどう？」

「……彌生に？」

「そう。彌生に」

紙コップが触れたいきおいであふれた泡が指をつたって、七緒はペロリと舐《な》める。

昴がどういうつもりで彌生の名前を持ち出したのか、その表情からはなにも窺えない。酒のせいかいつもより朗らかで、昴はよくしゃべった。でもそれは、淋しさの寄り添うぎこちない明るさだった。

罪悪のように姉の名前を口にするくせに、七緒は罪の名前に目をつぶる。欲しいものは、ずっとただひとつだ。

いつだって昴は七緒を構成する一部で、七緒を生かす力のみなもとだった。彼の優しさに支えられてきたと、心から七緒は思う。自分の想いを一方的に突きつけることへの葛藤《かっとう》は、七緒を迷わせた。

部屋の隅には、香代が用意してくれた蚊取り線香を焚《た》いていた。網戸にしていると、光に誘われた虫の羽音がジジと響く。ひどく静かだった。なにもかも、すべてが。

「何か、冷やし中華の具が豪華になってない？」

「叔母さんがまな板とナイフ用意してくれてるって言ってたから、きゅうりとハムだけね。具が貧しいと、心まで貧しくなるだろ？」

「ずっと言おうと思ってたんだけど。昴って、いい嫁さんになるよ」

しみじみと言った七緒に、昴はそっけなく「どうも」と肩をすくめる。

「七緒、予備校の休みって、いつまで？」

「あさって」

「がんばってるんだな。勉強、きつくないか？」

「……どうかな。きついとかそうじゃないとか、もうあんまり考えない気がする。義務、みたいなモン」

「義務」七緒の言葉を、呆れた口調で昴がなぞる。

「ずいぶん無気力な言い方だ。ほかに言うことないの？　それとも、そういうの今時の流行《はや》り？」

七緒はチラリと笑った。昴の望むどんな体裁のいい言葉も思い浮かばなかったし、なにより今は自分の将来に大して興味は持てはしない。気が遠くなるほどの未来に思える。

現在はただ、一日の時間の流れにつまずかないようにやり過ごしていくだけだ。

「動機はどうでも、あんたの従兄弟は真面目に勉強してる。大学も行く。オーケイ？」

模範的だな、とでも言いたげに肩をすくめただけで、それ以上昴は野暮《やぼ》なことは言わなかった。彼のこんな聡明さを七緒は信頼し、ずっと愛している。

「昴の仕事は？　俺仕事のつながりってわからないから、愚痴の相手としては最適だと思うけど」

「言うかよ、愚痴なんか」苦笑して、昴はビールをグイとあおった。

「今の仕事が片づいたら、少し暇になるかな。何件か立て続けに依頼受けたんで、ちょっと充電しとかないと」

「レストランって、どこらへんにできるの？　旨《うま》いかな？　何料理？」

「下山門の、国道沿い。イタメシっぽい、無国籍らしいぜ。味は俺は知らないけど、シェフは高塔《たかとう》がニューヨークで見つけてきた若手の料理人だっていうから、大丈夫なんじゃないかな」

そして、昴はなにげなく「高塔と会った？」と続ける。さらりと聞かれて七緒も「うん」と素直にうなずきそうになった。フッと、気づいて昴の目を見る。

「……え。ごめん、今よくわかんなかった。会ったって、言った？」

「会ったんじゃないかと思って。あいつ、七緒のこと気にしてたから」

「気にしてたって、なに、昴、俺と高塔さんのこと……」

知ってんのと言おうとして、ア、と七緒は口もとを押さえる。

「プラネタリウムで、一度会ったんだろ、偶然」

顔色ひとつ変えない男が悔しい。ムッとした七緒は、こくりと小さくうなずいた。

「うちに来たとき、高塔のヤツびっくりしてたよ。おまえのこと、彌生の弟だったのかあ、へえって。もともとよくしゃべる男ではあるんだけど、車の中でも、外国帰りの挨拶も仕事の話もそっちのけで、やたらとおまえのこと聞きたがってさ。子どもみたいに興奮して、何て言うんだろう、そうだな……ちょっと病的なくらい」

その榛名のおしゃべりを胸で罵《ののし》って、けれど彼を責める気にはなれなかった。不思議なめぐり合わせがあって、昴と自分の関係がこじれないように、順序だてて榛名が物事を仕組んだような印象さえ受けた。榛名にずいぶんと感化された、ちょっと損した気持ちだけれど。

「一度会って、電話で話したよ。高塔さんって綺麗だけど、……何かおっかない人だと思った」

「おっかない？」

「最初は嫌いだったんだ。でも話してるうちに、この人は、こう……」と、七緒は自分の紙コップの縁をなぞって、中身のビールを昴にちらりと見せた。

「ものの外側を通り越して、本質を見ちゃうひとなんじゃないかと思って。だから、いろんなことに身構えちゃうのかもしれない。なにかの瞬間に回路が通じれば、きっとひらめくんだよ。自分にとって目の前の相手が、なにもかもさらけだせる人間かどうかが、さ」

七緒の不可思議な説明に、昴は「ふーん」とつぶやいた。

「……それで？　高塔を理解している、七緒クンの結論は？」

「さあ？　わかんない。友達には……なれるかな。でも、理解と友情は別ものだよ。地球と月くらいかけ離れてる」

甘さのない冷静な七緒の物言いに、昴は「七緒は詩人だな」とからかうことは忘れずに、外国人めいた仕草で肩をすくめた。

「人間の結びつきなら、二種類だよ。唐突におとずれる運命と、ゆっくり育んでいく絆ってヤツだ。高塔が七緒に呼びかけてるのなら、今のおまえの性質に惹《ひ》かれて必要としてるってことなんじゃない？　自分では気づかずに誰かを癒《いや》せるってこと、俺はあると思うぜ」

ムウッと黙り込んで、やがて七緒は渋々と「昴は哲学者だな」と唇をとがらせた。

「……運命なんて重い言葉で、一方的に抱え込まれるのは迷惑」

七緒の精一杯の憎まれ口に、昴は別の形の問いを口にした。

「なあ、七緒。絶望を癒せるものって、何なんだろうな。なぐさめか、時間か……、それとも希望か」

「え？」

「俺は、高塔の気持ちわかる気がする」

遠くを見るような昴のまなざしは、友人の孤独に思いを寄せているかのようだった。そして「昔より、月も遠くはないさ」とさらりと言える彼は、自分より背の高い、少し違った視点で世界を眺めている。

「……昴って、結構優しいよね」

素直な気持ちで言うと、昴はまばたきした。眼鏡の奥の瞳が、不思議なまなざしで七緒を見つめる。

「優しくなんかない。俺は卑怯《ひきょう》だよ」

そのときの昴がどんな気持ちで、絶望とか希望や、そして自分は卑怯だと、それらの言葉を口にしたのか七緒はわからない。ただ、妙に乾いた虚《うつ》ろな声が、七緒の胸をぐうっと痛い力でつかんだ。揺さぶった。

ヒキョウという単語が、七緒の中の昴とどこにもつながらずにとまどう。

「……えっと、」

問いただすべきか笑えばいいのか迷って、けれど憮然《ぶぜん》とした昴の顔つきに、結局七緒は口をつぐんだ。生々しい汚い言葉を話しても、目の前の昴は綺麗だった。透き通って消えてしまいそうで、苦しかった。

ほら、あの感じだ。見てはいけないと本能が警告するのに、昴の苦悩から片時も目が離せない。

心臓を透明な指で握りつぶされ、胸の中にドクドクと血が脈打つ。あふれて口の中が渇く。

「昴……」

名前を呼んだ瞬間、昴の表情はやわらかくゆがんだ。にこりと笑って、その微笑みひとつで今のやりとり全部を帳消しにしてしまおうとする。七緒を哀しくさせる大人のやり方で。

「七緒の話す高塔って、何か、おまえのことみたいだ」

「え?」

「おまえら、不器用なとこ似てるのかもしれないな」

もっと楽な生き方もあるのに。語尾はかすれて形にはならず、本当に彼がそう言ったのか七緒にはわからなかった。

「早くメシ食っちまおう。風呂入って、星見るんだろ?」

「……うん」

ひとつの惣菜をふたりでつついて、でも味は七緒にはわからなかった。食べものをぼそぼそと喉《のど》に押し込み、時間が過ぎていくごとに緊張は強くなる。

焦燥と不安と、この昴の笑顔を永遠に失うかもしれないという恐怖と。昴を傷つけたくないと願いながら、それでも想いを告げようとする自分は、きっと身勝手なエゴ野郎だ。最低だ。

それでも、俺は昴に恋してる。この想いが罪だというのなら、断罪は昴の言葉で聞きたいと思う。

食事を終えたふたりは、それからどちらともなく薄暮に染まる庭に出た。遠く、群青とオレンジが混ざる空の際の色は、息を呑む圧倒的なあざやかさだった。世界は生きているんだと、そう思える。

斜め前にたたずむ昴の、少し覗く襟足の角度がいいと思った。たった今好きになった。熱心に見つめていると、昴がふと振り返った。なにも言わない七緒に、なにも言わずに手を差し出してきゅっと指を握る。ふたりは美しい世界で手をつないでいた。

もう口数の少なくなった昴が、「きれいだな」とぽつりと言ったのが、子どもの頃の声のように無心に聞こえて、七緒は涙ぐんだ。つないだ手の温もりが切ない。

じき、星降る夜がくる。

もうこれ以上、時間を無駄にはできない。ジョン・レノンの歌がよみがえる。

ぼくらは、そう、生まれ変わるんだ。

昴となら、そんな新しい感覚を分かち合えるかもしれない。

この熊本での夜が未来のふたりへ続くきっかけであってほしいと、七緒は切に願った。

食卓を片づけ、昴が先に風呂に入っている間に、七緒は離れに布団をしいた。夏だしざこ寝でいいとふたりは思っていたが、そこは叔母の配慮だ。離れには電灯がない。いや、正確にいうと電灯はあるが電球が抜いてある。寝るだけだし、目が慣れれば月明りでそれなりに視界がきいたから。

「……もうちょっと、こっちかな」

好きな男と枕を並べてひとつの部屋に寝るという状況に、七緒はふたつの布団をしいては何度も位置を直した。やましさが顔を出さないか、そればかりが気になった。

縁側の花火も、柱の傷も、子どもの頃の無邪気さはもう遠い。

性的な意味で女の身体《からだ》に触れるずいぶん前から、昴は自分にとって欲望の対象だった。布団が、イコール寝るという行為を露骨に連想させる。薄いタオルケットを指で撫でて、七緒は暗い部屋の畳にぺたりと座り込んだ。

今日の朝は母親に見送られて出てきたのに、もう今は熊本に昴とふたりきりでいるなあとか、昴と見た川の透き通った流れや、彼の美しい、思いつめた覚悟をたたえた横顔をぼんやりと思った。

窓ガラスの向こうの夜に、見覚えのある朝顔の花がぼうっと浮かんだ。あれ、違う。そう思った瞬間、懐かしい姉の香りがただよった。花のように優しい香り。

バカね、ナオ。窓の向こうに、朝顔模様の浴衣を着た彌生がたたずむ。美しく、透き通って、責めるように眉をひそめる。唇が、なにかをつたえるようにかすかに動いた。

あたしなら、苦しまないように、いちばんいいようにしてあげたのに。バカね、ナオ。

「彌生……？」

ポカンとつぶやいて、七緒は姉の儚い姿を見上げた。窓ガラスの夜に透けて、彼女の輪郭は淡く融けて消えていく。

「彌生、やよい……っ！」

窓まで這っていって、気づくとガラス戸をガタガタ鳴らしていた。すがりつくようにガラスに爪を立てると、そこにはただ夜の風景が静かに息づいている。彌生の姿はもうない。

「彌生……」

胸の奥の、自分の不実が痛む。姉弟のつながりも、昴の誠実のなにもかもを踏みにじってまで、告白を成就させようとする七緒の身勝手さを責める。侵してはいけない神聖な領域につま先が触れた、そんな恐怖に、七緒はうずくまり、震えた。両手に顔を埋《うず》める。

欲望と良心を秤《はかり》にかけて、瀬戸際でせめぎあっている。できれば今すぐに引き返して、なにもなかったふりをして生きていきたい衝動に駆られるほどに、七緒はおびえていた。


廊下を戻る途中の浴室の前で、ちょうど風呂から上がった昴と出くわした。タオルを大工巻きにして、浴衣はいい加減に着流している。

「お先。七緒、冷めないうちに入れよ」

「ああ、うん」

うなずいて通りすぎようとした七緒の腕を、昴がふとつかんだ。熱い指にびっくりしてまばたきすると、昴の向こうに裸電球がほの白く見える。「冷たいな」と昴は小さく言った。

「おまえ、ひょっとして寒いんじゃない？　ここ来てから顔色悪いぜ」

「……だからぁ、薄暗いからだろ。電灯のせいだよ、寒いわけないじゃん。夏なのに」

昴の髪からつたう雫《しずく》が七緒の肩を濡らす。わざと笑って昴の胸を押すと、昴もすんなり腕を離した。

「肩まで浸《つ》かれよ。百、数えろ」と耳もとでささやくと、七緒の肩の雫を自然な仕草ではらって廊下を歩いていく。

七緒は、昴が触れた自分の肩にそっと触れてみた。無関心ではなく聡明さで昴が沈黙することにもう気づいていたけれど、今はそ知らぬふりを決め込む。歩くと、廊下は軋んで大きな音をたてた。

洗面用具の用意に和室に向かうと、縁側に出て夜空を見上げている昴の後ろ姿がちょうど見えた。暗がりに痩せた背中がひょろりと立っているのに、さっきの、石鹸《せっけん》の香りを思い出して胸が甘く疼《うず》く。

自分は本当にこの男を好きなんだと、ふいに突き上げてくるこの感情が、ああ恋なんだなと思った。泣ける気持ちで、七緒は少しの間じっとその背中を見つめた。

声はかけずにそのまま浴室に向かうと、脱衣所の籐かごに真新しい清潔なタオルが何枚かと石鹸が用意されていた。

古い大きな檜《ひのき》の浴槽は、七緒たちが子どもの頃から変わらない。湯をためると樹の爽やかな香りが浴室いっぱいに立ち込める。アロマテラピーのようなものだ。

タオルにいっぱいの石鹸を泡立てて、ごしごし腕をこする。日焼けしたのか少し沁みた。湯船に口もとまで浸かり、じわりと身体を温めると、麻痺《まひ》してしまっていた末端の隅々まで神経が戻ってくるようだ。大きく息を吸い込んで目を閉じると、昴の庭の、あの緑の深い匂いに包まれている気分になる。ゆったりとした水音とぬるいお湯は、凝った緊張をやわらかく溶かした。

風呂をわざと長引かせて、七緒は自分に少しの猶予を与えてやる。気持ちを整理し、決断しなければならないことがいくつもあるように思えた。

三年前の、ここでの昴との出来事が、七緒の胸に希望の糸を細くずっとつないでいる。

湯船でバシャバシャ顔を洗い、自分のてのひらをじっと見つめた。

「……ごめん、彌生」

罪でも裏切りだとしても、後悔はしたくないんだと、何度も自分に言い聞かせた。

風呂から上がり袖を通した浴衣は、今の七緒の背丈にちょうどいい具合に斎が手直ししてくれていた。三年前と同じ浴衣を、違う境遇の違う気持ちで着ている自分がいる。この丈の分だけ、自分はきっと変わってしまったんだろう。目に見えない部分のなにかが。

昴はさっきと同じように縁側に立っていたが、もうタオルは外して、今は浴衣の上にウインドブレーカーをはおっていた。部屋に入ってきた七緒に気づくと、昴は振り返って「それ」と鞄《かばん》にかけてあるパーカーを指さした。

「寒いから、それ着ろよ。あと、鞄の中に早見盤とレジャーシートが入ってるから出して」

「これ、昴が持ってきたの？」と聞くと、大きな声で昴は「ああ」と返事する。

「どうせ、七緒はなにも持ってこないだろうと思って」

厚手のグレーのパーカーはフードがついていて、昴が気に入って春の間ずっと着ていたものだ。七緒も何度も見かけた。かすかに煙草の香りがする。クンと袖を嗅ぐと、いつもの昴の匂いだった。

ちゃぶ台に置いてあった昴の腕時計を拾うと、時間はもう午前零時を回っている。七緒は星座早見盤と、レジャーシートに懐中電灯を取り出した。これらは星を見るのに必要なグッズだ。

部屋の電気を消して、七緒は急いで縁側に出た。

「あ、七緒、髪濡れてる。風邪ひくぞ、おまえ」

七緒の肩にかかっているタオルで、昴は濡れた髪をわしゃわしゃと拭く。七緒は鼻を鳴らし昴の腕を押しのけた。

「過保護はいいから。それより、星、流れてる？」

「たぶん、さっきから五つくらいかな。ちょっと、それ見せて」

縁側には蚊取り線香の白い煙が細く立ち昇っている。懐中電灯で足もとを照らしながら、ふたりはサンダルをつっかけて三和土から庭に降りた。空の見晴らしのいい視界の広い場所にふたりで立って、昴は早見盤を空にあてた。七緒が懐中電灯で照らす。

「北東、こっちだよな。夏の大三角……、ペルセウスどれかな。七緒」

目を細める昴の手もとを、七緒が覗き込む。

「あ、あれじゃない。ほら、あれだよ」

七緒の指さす方角に、ふたりは目を凝らした。光の筋が一瞬夜空をかすめる。

「流れた！　ほら、ふたつ！」

昴のパーカーの袖をつかみ、昂《たか》ぶる熱で耳がかあっと熱くなった。ワクワクと楽しくてしようがない想いが胸を焦がす。走り出してしまいそうに、足を何度も踏みならした。

「うん、二個同時だった。こっちと、あっちに」

「すげー。今年、ホントに結構流れるのかな。一時間に四十個くらいって言ってたけど」

ひさしぶりに遭遇する流星の夜に、七緒は最初から興奮し、つま先立った。そうやって見上げているとすぐ首が痛くなる。昴はレジャーシートをしいて、七緒を座らせると、彼の髪を懲りずにタオルでごしごし拭いてやった。山の夜は冷える。しばらく昴の好きにさせていた七緒は、やがてフードをかぶりシートにごろりと寝転がった。

「ほら、昴も」

世話を焼きたがる従兄弟の上着の袖を引いて、ふたりは同じ格好で寝転がり夜空を眺めた。

夜は、昼間ほど空が遠く感じない。もっと身近で慕わしい、生命そのものの大きさに包まれている気がする。

大地に寝転んで、大きく宇宙を呼吸する。満天の星がそこにあった。

黙って、ふたりは北東のペルセウスの方角に神経を集中する。夜空が見せてくれる流星の一瞬の輝きを、三年ぶりにこの場所で眺めた。

「……流星ってさ。彗星《すいせい》の塵《ちり》なんだって、じいちゃんが教えてくれたよね」

「ああ。スイフト・タットル彗星の塵が、大気の摩擦で燃える光の瞬間が、俺たちの見てるペルセウス流星群だって。じいさん、やたらと天文にくわしかったよな」

「だって、若い頃に天文学者目指したことあるって、斎さんが言ってたよ」

「ああ？　それは嘘だよ。七緒担がれてる。じいさんの天文は、市役所定年退職したあとの、老後の趣味だよ」

祖父の聞かせてくれた流星の物語は、淋しくて、哀しい。

流星が美しく光るのは、燃え尽きる間際に放つ最後の輝きだから。その一瞬の儚さを、自分たちは胸躍らせ見上げているのだ。

「綺麗だけど、ホントは淋しいんだよな。流星って」

つぶやいた七緒の言葉が聞こえたのかどうか、昴はなにも言わなかった。隣に寝転がる昴の横顔をそっと窺うと、暗闇に輪郭が白くぼんやり浮かぶ。整った鼻筋、唇の格好。昴の横顔の向こうに、星がひとつ流れるのを、七緒は見た。

静かだった。たがいの鼓動と木々を揺らす梢《こずえ》の音、鈴虫。すべてが自然の営みに属するもの。

息をひそめている間にも、星はいくつも空を流れた。ときにかすかな、ときにハッとするほど眩しく明るく尾をひいて消えていく。

「……昴。願い事、してる?」

「してるよ」夜空を見上げたまま、昴が言う。彼の指が天を指したときに、またひとつ星が流れた。

「何て?」

横顔を見ていると、その唇の形が子どものようにかすかに上がる。楽しげに。

「……ナイショ」

伸ばした昴の手と偶然指が触れて、昴がふと七緒を見た。暗闇で真っ黒な瞳は、この瞬間だけ七緒だけの、たったひとつの宇宙になる。手に入れられるかもしれないと、純粋に思った。

今なら、聞けるかもしれない。言えるかもしれない。

「……昴」

七緒は身体を起こすと、シートの上で膝を抱えた。自分の手に触れたままにしている七緒の指に、仰向《あおむ》けの昴が訝《いぶか》しげに七緒を見上げる。

「昴、覚えてる？　……三年前、彌生と最後に一緒にここに来たときのこと」

昴の手がぴくりと動いたのを、皮膚で感じる。

「覚えてる？」この恋のためなら、どんなに辛抱強くも図太くもなれる。重ねて聞く七緒に、昴はため息のように小さく声を吐き出す。

「……ああ。覚えてる」

七緒にとっての夏は、この熊本で過ごした数日間に凝縮されていた。

昴と彌生と聡と、白川のそうめん流しに、祭りの夜に浴衣を着て出かけた。三年前も、いつもと同じようにここで流星を見上げた。

「なに？　昔話なら、ご免だぜ。おたがい、いい思い出じゃないだろ？」

「違う。未来の話をするんだ」

強く言った七緒の瞳に、昴はなにか言いたげに口を開こうとして、けれど結局唇を結ぶと不機嫌な顔でのろのろと身体を起こす。星が流れる夜の中、ふたりは肩を並べて座った。

七緒はパーカーの前を手でかきあわせ、ぶるりと肩を震わす。

「星、見たよね。三年前は、今日よりもっと流れた。降るみたいだったの覚えてる」

「……そうだったよな。聡が途中で眠くなって、おまえにもたれかかってさ」

前髪を掻《か》き上げ、面倒くさそうに昴が言う。七緒はかまわなかった。

「帰る日の前日、俺、ここで昼寝してたんだ」

はっきりとは見えない庭の隅を、七緒の指がさす。闇と樹の枝に今は隠れた籐椅子を示したその指先に、視界の隅で昴の肩が強張《こわば》るのがつたわった。こぶしをぎゅっと握る昴が、信じられないものを見るように、呆然《ぼうぜん》と七緒を見る。息をひそめて七緒の気配を窺っているのを感じる。

「あの日、聡と彌生は、斎さんと一緒に花火を買いに出かけてた。昴は卒論の書きもの持ってきてて、離れにひとりで引っ込んでて。俺は宿題も持ってきてなかったからヒマだったし、その椅子に座ってぼんやり庭眺めてるうちに、うとうとしちゃったんだ」

「……七緒」

「しばらく寝てたんだと思う。なにかの拍子で目が覚めて、気づいたら、昴が縁側にいるのが見えたんだ。俺はだるくて億劫《おっくう》だったから、そのまま目をつぶってて……」

「七緒！」

絶叫めいた大声で叫んで、昴はバッと立ち上がった。浴衣の裾が絡むのもかまわず、大股で歩いていく。七緒も立ち上がって裸足のまま昴を追い、腕をつかむ。七緒も必死だった。

「昴、あの時、俺に……」

「聞きたくない」

「俺にキスしただろ？　気づいてたんだよ、俺、ずっと！」

「言うなって言ってる！」

七緒の手を振りはらい、昴は縁側から部屋に上がり電灯をつけた。自分の鞄から煙草を探ると、震える指で一本に火をつける。

「……禁煙」

間の抜けた声でぽつりと言った七緒に、昴は目を閉じる。震える唇から煙を吐き出し、浴衣の帯を何度も何度も手でさすった。

「昴……」

「……俺が、前に禁煙したのいつだったか覚えてるか」

ふいに言われて、七緒はぼんやりまばたきした。昴がなにを言っているのかよく理解できなかった。

「俺の禁煙って、一種の戒めみたいなモンらしいよ……。好きなもの断って、それで少しつらい思いして、しょせん自己満足なんだよな」

「昴……？」

「この前禁煙したの、彌生が死んだあとだよ」

昴の唇の震えは止まっていた。三和土に立ったままの七緒に、手を差し出す。その手をとっていいのか迷い頼りなく見上げる七緒に、昴は煙草を投げ捨てると、強くその手を引き部屋へ上げる。七緒の足もとにかがみこんで、明るい光の下で昴は七緒の脚についた土をはらった。

昴の乾いた言葉に、得体の知れない怖いものが、形をとろうと蠢《うごめ》きだす。胸の内側でゾロリと這う。七緒はうつむいた昴の表情が気にかかって仕方なかった。

「……彌生が死んだときの俺の中の戒めってのはね、世間一般でいう恋人を失った哀しみじゃない。彼女に対する罪悪感だったんだ」

「え……？」

昴の冷たい指が、素足を這う感触に七緒はビクリとする。浴衣の布地越しに昴の唇が脚に触れて「おまえは」とその唇が七緒の上につづった。たしかな欲望の種が、口づけの温度で発芽する。

「俺のこと……、好きでいてくれたろ？　ずっと知ってたよ。おまえが気持ちにまっすぐでいられるのは、子どもだからだと思ってた。俺は体裁とか人目とか……、当たり前のものに囚《とら》われてた。俺がセーブしないとって、結局は都合のいい言い訳だったんだよな……」

「すば、る……」

「俺は、」

ぽつりとつぶやいて、昴は顔を上げた。整った顔の中で、まなざしだけが白くぽっかりと、狂気のように澄んで美しく見えた。

「おまえが好きだ」

「昴……」

「彌生と付き合ったのも、もっとおまえと近くにいられると思ったからだよ」

その瞬間、告白はまるで刃だった。胸を貫かれた痛みが、たしかにズクリと疼いた。

もう昴の瞳には、通りのいい嘘も優しい偽りもない。想いの全部を七緒に明け渡し、捧げようとしている男の顔だ。

「あの日、椅子で眠ってるおまえを見て……、わかんないもんだな。今まで堪《こら》えようと思って、そうできてたはずだったのに。寝てる顔が可愛くてさ、グッときちまったんだ」

七緒の脚に額をすり寄せた昴は、それから少し笑って、子どもにするように七緒の浴衣の裾をきちんと直すと立ち上がった。

蛍光灯の下で、昴の顔はいくつも年をとった疲れた男のようにゆがんでいる。

「キスしたよ。けど、おまえが知ってるのは、たぶんそこまでだろ？」

「知ってるって……、なに、を……?」

「あのとき、眠ってるおまえにキスしたとき……、顔を上げたらそこに」

昴の視線がふっと宙を見た。玄関から庭に続く木戸に、今も誰かの姿を間違いなく見ている。視線が記憶をたどる。

「その木戸のところに」といったん息をついて、「彌生がいたんだ」と昴は言った。

ぐっと息を呑《の》み、七緒は昴の言葉に打たれて呆然と彼を見上げた。

「彌生が……？」

あのとき彌生がいた？　俺たちを、見てた……？

「俺のいた楡の枝の隙間から、彌生の顔ははっきり見えた。いつからそこにいたのか、俺がおまえにキスしてたのを見られたかもわからない。そのあとすぐ彌生は家の中に入っていったし、それからも彼女は、そのことにはひと言も触れなかった」

怖いものは、はっきりと形を成して七緒の前に立ち塞《ふさ》がった。

キスと、彌生の死。昴の苦悩のピースが、今ひとつの枠にぴったりとはまる。昴が何を考えているかわかって、七緒はその腕をつかみ、揺さぶった。

「昴、まさか、あんた……」

あの日、彌生は玄関先で振り返って七緒を見た。ゆるく三ツ編みに結った髪、綿シャツに赤い折りたたみ傘。雨が降るかもしれないねと、ささやいた涼しい声。そうかなとドアの隙間から空を見上げて、それが生きている彌生と交わした最後の言葉だった。

「ここから帰って三日後に彌生は死んだ。わかってる、誰もがあれは事故だって言ったし、俺もそう思おうとした！　ただ、どうしても忘れられないんだ！」

「違う、彌生は、あれは事故だ……！」

彌生は、あの夕方、信号無視の乗用車に撥《は》ねられた。雨が降りはじめた時間だった。

「あのときの彌生の表情が、焼きついて離れない。どうしても、今も忘れられないんだ。あの日から、俺をずっと責め続ける！」

「昴、すばる……っ！」

「俺が、俺のしたことが、彌生を追いつめ死なせたんじゃないか……？」

昴は膝をついて、両手に顔を埋めた。ハアハアと荒い息づかいが指の間から洩れる。

昴の傷口からはずっと血が流れている。生々しい傷は過去のものじゃない。何度も抉《えぐ》られ化膿《かのう》し、塞がることなく痛みに支配され続ける。

七緒という存在がいて、昴が罪悪感を持ち続けるかぎり永遠に。

ダメだ、堂々めぐりだ。焦りと恐怖が胸を掻きむしる。今、昴を失おうとしている自分を、七緒ははっきりと自覚した。口の中がカラカラに渇いて、唾《つば》を飲み込むこともロクにできない。

「それでも、本当に怖かったのは、彌生を死なせてしまったかもしれないことじゃなくて……、そのことでおまえが離れていくことだったんだ……」

「昴、もう、いい……」

「おまえを失うのが、ただそれだけが恐ろしくて、俺は全部に目をつぶった。嫌われるくらいなら従兄弟のままでいい。永遠に、つながりだけは失うことがないと思ったからな」

「昴！」

七緒はたまらず昴の頭を抱いた。ただ、がむしゃらに昴を抱きしめる。

「いちばん怖いのは、そんな俺自身だ。あんなに大切だった彌生すら、簡単になかったことにしちまえる俺の、この吐き気がするような傲慢《ごうまん》さだよ。おまえが誰かと遊ぶのも、友達も恋人も、聡ですら許したくなかった。俺以外は、誰ひとりだ！」

こんなときなのに、昴の想いは七緒の胸を震わせる。こんなに狂おしく恋を告げられたことは一度もなかった。哀しくてたまらないのに、独占されることや、束縛すら、昴の愛情の言葉のすべてに心が歓喜している。

浅ましい、でもこれが真実なんだ。

「簡単じゃない。あんたは、こんなに苦しんでるじゃないか！」

「……苦しんでる？」昴はふっと顔を上げて七緒を見た。昴は泣いていた。

「そうかな……。俺は、本当に苦しんでるのかな」

この人は、何て深い絶望や苦しみを抱えて生きてきたんだろう。

昴の表情は、人間のあらゆる感情を削《そ》げ落としている。空虚で、生きていない。

七緒はすべてを悟った。昴の望みと、自分の役割や、ふたりをつなぐ運命の名前を。

恋の成就は、失恋だった。こんなことってあるのかよとヤケクソのように思って、ひどく可笑しくて七緒は声をあげて笑った。気が触れたようにケラケラと笑いながら、そして泣いていた。

ふたりは、こんなにも無様で滑稽で、泥にまみれている。たったひとつの誠実を胸に抱いたまま痛みにのたうち回り、転がり続ける。

「……ハ、ハハ。何だよ、これ」

昴の頬に、何度も頬ずりする。涙でぐしょぐしょで、でもどちらもかまわなかった。

「何なん、だよ……お……！」

昴を自由にする言葉を、七緒は知っている。その言葉を使えばこの男を永遠に失うことも。

両手に顔を埋めて膝をつく昴は、追いつめられ、打ちのめされた哀れな男だった。罪悪感に苛《さいな》まれる、卑怯で弱い、でも何て愛しいたったひとりの男なんだろう。

幸福になってほしいんだ。心から、本当に。

蛍光灯の白い明かりに、虫の羽音が響く。煙草の匂いごと昴を抱きしめたまま、ふたりは膝をついてひとつの形のように寄り添ってた。

心をきめる時間は果てしなく長く苦しく、けれど昴の絶望よりは浅いと七緒は信じた。

涙を手の甲でぐいとぬぐい、鼻をすって、七緒はそっと昴から離れた。顔を上げた昴は、七緒の頰に残る涙に、自分のウインドブレーカーの袖で目尻をごしとこすった。無意識なんだろうなと思って、また泣いて、七緒もパーカーの袖で同じように昴の頰をぬぐった。

「……ごめんな、七緒」

「……ん」

「好きだから、おまえといると、つらい……」

残酷な告白だった。苦しくゆがんだ昴の表情に、心配させまいと笑おうとして失敗した。うまく笑顔が作れないでいる七緒に昴の唇が力なく笑う。優しく傷ついた、透き通った笑い方だった。

「……昴」

「うん……？」

ありったけの勇気をかき集めたつもりだったのに、案外想いはポロリと唇からこぼれた。

「一度でいいんだ。抱いてくれない？　……恋人みたいに」

昴が息を吞むのが、七緒にもはっきりつたわった。

「七、緒……」

「これきりにする。もう二度と昴のこと、困らせないから。俺が、男でも嫌じゃないなら……」

視線をそらさずに気丈に昴の目を見上げる七緒の、その睫毛《まつげ》がかすかに震えているのを昴はじっと見つめた。七緒の頭を今度は自分から抱き寄せ、まだ濡れている髪に口づける。

昴は目を閉じた。しばらくの間七緒の鼓動に耳を傾け、なにかの許しを乞《こ》うように動かずにいる。

「……離れ、行こう。おまえと寝たい」

やがて言った昴の深い声が、胸のいちばん奥に届く。七緒を迷わせ苦しくさせた昴の恋が、心のすぐそばにたたずんでいる。

昴に手を引かれ立ち上がると、手をつないだまま、子どものような気持ちで離れまでの廊下をとぼとぼと歩いた。どちらもなにもしゃべらないし、冷たい板張りの感覚もおぼつかない。フワフワと奇妙な熱に浮かされて、つないだ昴の指の強さがたしかな現実だった。

電灯のない離れは、窓から射す月明りが輪郭を照らしている。窓の向こうの夜に、ぽっかりと浮かぶ月と、流星だけが、これからのふたりの秘密を見届ける。

昴は部屋に入るなり、無言でウインドブレーカーを脱ぎ捨てた。月明りに浮かぶ昴の背中をぼんやり見ていた七緒は、ふと自分の胸もとを見下ろし、パーカーを肩から落とす。のろのろと袖を抜いたときふいに腕をつかまれ、ハッと昴の目を見た。

「す、ばる……」

自分の神経のすべてで、暗闇の中に相手の気配と恋を探る。昴の瞳は、七緒の一度も経験したことのない感情で自分を見ていた。全身でたがいを欲し、求めている。昴の指が袂《たもと》から七緒へ忍び込んできたとき、七緒は震える息を吐いて目をふせた。それが合図だった。そのまま腕を引かれ、ふたりは布団にもつれこむ。

「七緒、ななお……」

「昴……」

七緒の両手を布団に押さえ込み、真上からのしかかると昴は七緒の浴衣の裾を割る。脚の内側にてのひらを這わせ、どこにこんな荒々しさを隠していたのかとおびえるほどに彼は性急だった。焦《じ》れた仕草で太腿《ふともも》をさする手が、そのまま七緒の下着を引き下ろす。

「ン、すば、るっ……」

腰から尻を撫でて揉《も》み、昴は七緒のなめらかな肌を味わう。

ああ、本当に俺は昴とセックスするんだなと七緒は思った。昴の裸や指先を想像して何度も自慰もしたのに、現実のセックスは嵐のさなかに唐突に放り込まれたみたいだった。

「昴、好き。すばる……」

昴の指に指を絡め、親指と切ない気持ちをてのひらにこすりつけた。相手の情欲を誘う肉感的な愛撫《あいぶ》に目を細め、昴は七緒の耳からうなじに舌を這わせる。産毛がやわらかくさざめき、七緒が肉体を自分に委《ゆだ》ねようと溶けていく瞬間を昴はじかに舐めとった。

「七緒……」

暗闇で昴の瞳の虹彩は、薄く黒く透き通った不思議な色に映った。それから、たがいに瞳を閉じたまましっとりと唇をあわせると、やがて切なげに目をふせた七緒が昴の浴衣の背中にしがみつく。触れては離れ、またすぐに昴はきつく唇を吸う。

「ん……っ」

自分から唇を開いて、七緒は昴の舌を招き入れた。舌を絡めあう濡れた音が響き、唇の端をつたう唾液さえ昴は舌でぬぐった。何度も唇を求められ、息苦しさに七緒の踵《かかと》が昴の脚を蹴る。口腔《こうこう》を犯す昴の舌は、深く、経験のない官能を七緒の裡《うち》に呼び覚ました。

愛してる、もどかしい、切ない。だからもう身体を繋《つな》ぐしか方法がない。

「昴、すばる、ちょっと待って……」

容赦ない大人の愛撫に、七緒の胸にこの行為の結末へのおびえが灯《とも》る。

七緒のはだけた浴衣の太腿からあらわになった膝頭に口づけて、昴は低く「待たない」と言った。七緒の脚に額をこすりつける。

「好きなんだ、七緒……」

「すば…る……」

「好きだ、好きだ。おまえしかいらない。ほかの誰でもないんだ……」

切実な昴の声が、血を吐く想いで、何度も好きだと言って何度も名前を呼んでくれた。言葉にどんな約束も束縛もないことを知っていても、淋しい身体の隙間を埋めるように、ふたりはこの夜想いを口にした。それでいいと思った。

昴はハアと喘《あえ》ぐ呼吸をすると、目を閉じて七緒の脚を指でたどる。指先の微細な震えは、本物の情愛を皮膚から七緒に浸透させる。

この世に間違った形の愛情など本当はひとつも存在しないと、そう教えてくれる。

荒々しくかわいい自分だけの昴のすべてを、覚えておきたい。快楽を得るためだけではなく、苦しみや罪悪も分け合い、ひとつの形に混ざるために身体を繋ぐ。

今だけはすべてを忘れ、ただの動物で、愛情だけでいい。禁忌も別離も、償いの日々も。

「……昴」

指を伸ばし昴の頰を包むと、七緒は自分から唇を重ねた。すぐ舌を絡め、昴の背中に回された指がもどかしげに爪を立てる。

「ウソでもいい。絶対に、後悔しないで。俺にだけは、後悔してないって、明日そう言ってほしいんだ……」

「七緒……」

昴の弱さも狡《ずる》さも、哀しい結末の予感さえ、七緒はすべてを享受している。

「……後悔はしないよ。誓うよ」

七緒は小さく微笑み、そして昴を許していた。

昴は七緒の背中を抱え上げると、自分の膝の上に乗せた。向かい合い、襟もとから差し込まれたてのひらが七緒の胸を撫でるように這い回る。

そのまま昴は、七緒の両肩からひと息に浴衣を落とした。肌を晒《さら》された羞恥に一瞬七緒の身体はビクリとすくむ。夜目に、薄く日に灼《や》けた痩せた身体が浮かんだ。

「あ……」

同じ性別の身体のどこに触れるにも、昴はためらわない。唇で七緒の二の腕のラインから肩を舐め上げ、鎖骨の窪《くぼ》みを跡が残るほどきつく吸う。そして舌はゆっくりと胸に降りた。

「ン……っ」

乳首を咬《か》まれ、七緒は昴の肩に強くすがりついた。昴は唇で執拗《しつよう》に七緒の突起を愛撫し、軽く歯ではさみ立ち上がらせる。もう一方も指で丹念に愛した。

「ああ……っ」

自分の上でしなやかに身をのけ反らせ、七緒は美しく澄んだ声で鳴く。目の前に捧げられた喉に嚙みつくように口づけて、血の流れる音を、七緒の生命を、昴は薄い皮膚からじかに感じとった。

欲望のまま、すぐにでも貫いて、血の一滴まで貪《むさぼ》り尽くしたい凶暴な衝動。破滅の誘惑はいつも甘い味がして、昴は死に物狂いで狂気を奥底に抑え込んだ。葛藤のとばっちりで七緒の喉に歯があたって、七緒が「痛い」とうっすらうめいた。力加減が曖昧になっていて、自分の執着の根深さがちらと心をかすめる。

下着をつけていない七緒のたかぶりは、昴の脚にじかに触れた。はだけた浴衣を腰にまとわりつかせただけの七緒の姿は、男の目を愉《たの》しませる。昴は激しく唇を奪った。

「昴、ん……」

腰を抱く腕が強く自分を昴の胸に引き寄せる。気持ちごと、隙間なくぴったりと密着する。昴は「チクショウ。酷《ひど》くしちまうかもしれない」と低くうめいた。

「余裕ない。メチャクチャにしちまいそうだ……」

切羽詰まった焦燥の響きに、七緒は上がる息を懸命にやり過ごしながら、昴の胸にもたれた。

乱れた浴衣の合間に指を這わせると、胸は薄く汗が浮かんで短く上下している。てのひらを左にあてて、七緒は昴の鼓動の速さに心を砕いた。

「……昴の、好きなようにしてくれていい。俺も昴を好きにする」

昴の背中に手を回し、七緒は乱れた昴の浴衣を剝《は》がそうと帯の結びに指を這わす。キスをしながら昴は笑って、七緒の好きにさせた。闇に浮かぶ昴の白い歯がやけに色っぽい。

「好きなようにしていいって……、大胆だな、七緒」

「バーカ……。変な笑い方、するな」

昴の肩から浴衣を落とすと、七緒はその胸にゆっくりと唇を這わせた。彼の性感帯を探り奉仕することにためらいはない。快感を堪える昴の表情は男の色気があって、感じてくれることが純粋に七緒の歓《よろこ》びだった。昴も七緒の帯をもどかしげに解いて、その身体を抱き込むと、ふたりは全裸で布団の上にもつれあう。

汗と、煙草の染みついた髪の匂い。口づけ、肌をたどる唇の温度。今までのどんな経験よりも、濃密で狂おしい時間をふたりは共有する。

昴とのキスがほかの誰とするよりも気持ちいいことを、七緒は初めて知った。

自分に触れる昴のどんなささいな仕草も、痛みの一滴すら、この皮膚から浸透し、細胞の隅々に記憶されればいい。自分の身体が昴の身体を忘れてしまわないように。榛名の言った通りだ。気持ちと言葉はとっくに満たされていて、最後にふたりは足りない身体を補うだけだった。

重ねた身体の下肢をすりつけあい、興奮したかぶった性器にたがいに指で触れる。勃《た》ちあがり震え濡れている感覚が、自分の快感に密に寄り添う。昴がうめくと、七緒のつま先もびくびくと敷布を滑った。

快楽の火種にじかに触れても、まだ満たされない。自分の内部に昴が足りない。

「……七緒、脚、ちょっとあげて」

七緒の膝の内側に手をかけて抱えると、昴は七緒の精液で濡れた自分の指をペロリと舐めた。見せつけるように口に含み、唾液を滴らせる。もう一方のてのひらで七緒の胸やたかぶりを愛撫し緊張をそらすと、昴は「力、抜いて」と低くささやいた。そのまま濡れた指で七緒の後ろを探る。

「あ……っ」

挿入された指に、途端に身体が強張ってビクンと跳ねる。昴はちらりと眉をひそめて、指をつけ根までゆっくりと進めた。用心深く熱い内壁を探り、どこかにひそむ快感を見極めようとする。

「ン、ンン……っ」

目をつぶり指を噛んで七緒は耐えた。目尻から涙がつたう。すぐには、痛みよりも迫り上がってくる異物感が強い。七緒の勃ちあがったものを指で包んで扱《しご》いて、昴は七緒の表情を窺い、辛抱強く七緒の身体が快楽に拓《ひら》かれるのを待った。先端に雫があふれてきた頃に、昴は七緒を翻弄する指を増やした。目もとを染める七緒の、かすかに唇の間に見え隠れする赤い舌が生きもののように蠢くのが、ひどく卑猥《ひわい》に映る。それは、ひどく雄の欲望を刺激した。

「……七緒、痛いか?」

「ン……、う、ん……」

宙に浮いた脚の、つま先がピンと反る。変に力が入って攣《つ》りそうで、七緒はうわ言めいた意味のない喘ぎをくり返した。昴の言葉がもうよく聞こえない。昴の指が中のどこかをかすめたとき、目の前がくらむような快感が身体を走り抜けた。下肢の中心から、頭のてっぺんを抜けて痺《しび》れる。

「あ……ん……っ」

ハアと、昂が大きく息をした。切なげに寄せた七緒の眉間にキスをして、昂は七緒の脚を抱え直すと、勃ちあがった熱い塊を七緒の後ろに当てる。広げてぐっと挿入される瞬間の痛みに、七緒は細い悲鳴を洩らした。

「あ、あ……っ！」

圧倒的な質感が、自分の内部にゆっくりと入り込んでくる。肩口に爪を立てる痛みに甘く眉をひそめて、昂はすぐにも突き入れたい衝動を堪えてゆっくりと慎重に腰を進めた。全部を収めても、七緒の身体が異物感に馴染《なじ》むまで動かずにじっと浅く呼吸をくり返す。

「ああ……」

涙がこめかみをつたい、シーツに落ちる。下腹がびくびくと波打って、昂の熱い脈動を内側に感じた。

「昂、すばるぅ……っ」

痛みと切なさでぐしゃぐしゃで、七緒は必死に昂の背中にすがりついた。密着させた腰を昂が使いはじめる。最初はおびえさせないようにゆっくり、そしてやがて激しく抽挿《ちゅうそう》をくり返す。

たがいの餓えを満たすため、たがいを食らい、咀嚼《そしゃく》し、自分の一部にする。

少し引いては深く突き上げられ、昂と繋がった部分からにじむ白いぬめりが、七緒の脚をつたいシーツに染みを落とす。苦痛なのか快感なのかも区別できない、むず痒《がゆ》いような微妙な感覚がいっぺんに七緒を責めたてた。

自分の身体が、自分でなにひとつ自由にならない。熱くて苦しくて気が変になりそうだった。

「熱っ……、あ、いや……っ」

「七緒、なな、おっ……」

昴の指に扱かれる七緒のたかぶりも、限界が近い。ブルブルと震えて昴の指を白く濡らす。

腰をつかまれ揺さぶられる。獣のような息づかいと、昴の顎から滴る汗。七緒の身体が震えた瞬間、自分の内部の昴が大きく硬くなったのをリアルに感じる。昴は達するのをギリギリまで堪え、長く深く七緒の内部にいた。

昴でいっぱいに満たされる、甘い充足感。

「昴、俺の……中に、いる……？」

「ン……。おまえ、気持ち……いい……」

熱いとささやくかすれた声が、昴の深い快楽を教える。未知の愉悦に何度も意識がとぎれかけた七緒は、下肢が融《と》けて昴とひとつに混ざるかもしれないと本気で思った。

「あ、あ……、昴……っ！」

ナナオ、と獣が吠《ほ》えるみたいに昴が低くうめいた。

強く深く抉られ、下肢から熱が突き抜ける。瞼《まぶた》の裏が真っ白になって、いろんな光がパアッと洪水のように押し寄せた。ピンと張りつめた身体から力が抜け、シーツの上にくたりと弛緩《しかん》する。昴の下腹を七緒の精液が白く汚した。

「七緒……っ」

長い髪がパサリと揺れる。自分の真上でぶるりと胴震いした身体が、欲望を内部に解放する。射精の衝撃に叩かれて、七緒の下肢がビクッと揺れた。

荒く小刻みな呼吸。ゆっくりと覆い被《かぶ》さってきた昴も、肩で短く呼吸をくり返す。指を絡め、胸をぴったりと合わせ、まだ繋がった形のままふたりは呼吸を静めた。

「スバ、ル……」

喉がカラカラに渇いて、唇が上手《うま》く開かない。妙な発音の名前に聞こえて、ああ、と昴がため息のように笑った。自然の真ん中にふとたたずみ、空を見上げる、そんなぽつんと優しい笑顔だ。

「やっと……、ひとつになれた、……」

その昴の言葉を、声を、まなざしを、自分はきっと生涯忘れない。

この瞬間だけで自分は生きていけると、七緒は強く信じた。

しゃくりあげる嗚咽《おえつ》が、夜の静寂を縫って部屋を細くただよう。肌はまだ情事の余韻にさめないのに、七緒は愛しい男の腕の中で泣いていた。七緒の身体に触れていても、少しずつ昴は遠くなる。

耳のすぐそばで嗚咽を聞く昴は、右手で七緒の指を握り、左手でそっと髪をすいた。

「……七緒。泣いてるのか」

七緒は首を振る。声を殺して泣き続ける七緒に、昴は目を伏せ唇を噛んだ。

「……ごめん、昴。うれしくて、だから、俺……」

「言うなよ。あやまらないでくれ……」頼むから、と昴の声が苦くにじむ。

「ごめん、昴……、困らせて、ごめんね……」

ずっと苦しめていたことを、知らなくてごめん。

夜明けにはちゃんと、ただの従兄弟の顔で朝の挨拶をする。そうして、俺と彌生から、全部の苦しみからあなたを解放してあげるから。

だから、今だけは俺の恋人でいてください。

七緒の右の手首をすくって、昴はその内側に唇を寄せた。苦しみでも性愛でもなく、ただ慈しみが肌に沁みる仕草だった。軽く触れただけの温もりは証《あかし》も傷痕も残しはしない。目に見える、七緒の身体の表面には。

もっと、たがいの境目がなくなるくらい、身体が絶対的にひとつになればいい。

待ち焦がれた流星のように、消えていく一瞬に人間はいちばん美しく輝くものなんだと知った。

カーテンもない窓から、斜めに陽が射している。膝を抱えた七緒のつま先の半分を照らす。汗がにじんでいた。髪を掻き上げ、七緒は薄い布団からのろのろと身体を起こす。夜明けまで昴の迸《とばし》りを受けとめた下肢は鈍く麻痺してしまっていたけれど、用心深く立ち上がった。昴は、七緒に背を向けて寝ていた。寝乱れた髪と、広い背中の肩甲骨のライン。腰にかかった白いタオルケットが陽射しに弾けて色褪せて見えて、少し切ない感じがした。

明るい部屋で見る昴の裸は、痩せていて、でもむだなく引きしまった美しい身体だ。肩のつけ根のほくろに、あれ、子どもの頃はあったっけとどうでもいいことを考えていた。

昴と身体を重ねた幸福の残り火は、胸にほのかに燻《くすぶ》る。七緒は昴の背中を記憶にそっとしまって、くしゃくしゃになった浴衣を拾うと廊下に出た。

白く眩しい朝が、目の前に広がっている。昨日この家のあちこちにたたずんでいた彌生の気配は、空気にまぎれて見分けることはできなかった。もうどこにもいない。

昨日と同じ家なのに、初めて見る場所のような奇妙に落ち着かない気持ちがした。

いや、違う。自分が、昨日とは変わってしまったんだ。目に見えない内側のなにかが。

全裸のまま廊下をぺたぺたと歩くと、温かいものが脚をドロリと流れでる感触にふと立ち止まる。昴の精液がこぼれてしまうのがもったいないなと眉をひそめて、これは女の発想かなヤバイかなと少し思った。そしてそのまま浴室に向かう。

浴室にそろりと足を踏み入れると、まだ火照《ほて》った肌にタイルがひやりとして心地よい。古ぼけたシャワーをひねると、水は夏の熱気にすぐ熱い湯に変わる。

腕も脚も昴の匂いがする全部を、石鹸の泡で洗い流した。足もとを流れる水に、昴の残したものと自分の血が薄く混ざって、排水口に吸い込まれていく。七緒は、昴と完全に身体が離れていく自分を、ただじっと眺めた。不思議なほど何の感慨もなかった。心の一部が欠けてこぼれて、バランスがうまくとれない。

いちばん大切で、触れてはいけないないなにかを、ふたりは壊した。バラバラに散らばって、それはもう、もとの形を忘れてしまう。自分たちが二度と子どもに戻れないように。

タオルで髪を拭き、服と気持ちを新しく着替える。和室に昨夜のままにしてあったちゃぶ台の上の、昴の腕時計で時間をたしかめた。黒のずっしりしたダイバーズウォッチだ。

「……五時、十二分」

熊本発の列車は何時が始発だったっけ。たしか、六時台のがあったんじゃなかったかと、携帯電話で時刻表を確認した。

黒のダイバーズを目の位置にかざして見て、少し思案して、七緒はそれを自分の左手に昴よりひとつきつい穴で留めた。

自分の小さな鞄にシャツと浴衣と未練を雑に詰め込むと、玄関に置いた。そしてちょっと考えて、まず昴を起こしに行くことにする。ゆっくりしている時間はない。

離れに向かう廊下は、やっぱり大きな音をたてて軋んだ。蝉の声がする。

襖を開ける瞬間に指がかすかにためらった。終わりがすぐそこに見えていて、ただふたりは義務のようにそれに向かって時間をこなしている。

目を閉じ、襖に額をつけて祈りの言葉をつぶやく。大丈夫。愛している、彼は幸福になる。

「……昴」

襖を開けると、そこにはさっきと同じ格好で寝ている昴の背中があった。

「はよ、昴」

沈黙を気にするでもなく、七緒は昴にずかずか近寄ると彼の肩を裸足で無遠慮に蹴った。

「起きろ。とっくに夜は明けたぜ」

部屋を横切り窓をガタガタいわせながら開け放つ。遠かった蝉の声が洪水になって一気に押し寄せた。朝は生まれ立ての匂いがする。そう、世界はこうやって本当は日ごとに生まれ変わるんだ。

「昴、俺さあ」

明後日《あさって》から、また予備校に通う。昨夜だけ忘れていた受験生の日常が舞い戻る。

「俺、先に新幹線で帰るよ。早い時間のがあったと思うから。駅まで送ってくれる？」

背中を向けたまま、昴の気配だけに耳を澄ます。息づかい、視線、沈黙の持つ意味さえも七緒には届いた。

ずっとわからなくて怖いと思っていた昴の心は、七緒に激しく優しくおとずれ、そうしてまた離れていく。

ああ、これが身体を繋ぐってことなんだ。幻想でも何でも、相手との愛情をより深めるためのセックスは七緒にとって初めての体験だった。

昴は小さく「わかった」とだけ言った。蟬の声を縫ってそれははっきりと七緒の耳に届いた。

「じゃあ、俺、ちょっと外ぶらついてる。用意できたら出てきて」

振り返らずに早口で言うと、七緒は廊下に出て玄関へと向かった。スニーカーを履いて薄暗い屋内から一歩外へ踏みだした途端、眩しい陽射しに目がくらむ。瞼の裏が白っぽく痛い。遠くの山の頂上は雲がかかっている。風が強い。青空に雲が早く流れていき、朝露のたまった枝の葉が揺れて雫が弾けた。

立っているのが億劫で、七緒は木陰に移動し地面にしゃがんだ。空を見上げるだけでは気づかない視点の大地は陽射しに乾き、その表面に蟻《あり》の行列や、名前も知らない野の花が咲いていて、野性の力強さが営まれていた。

胸の真ん中が熱くて、手をあてる。昴の吹き込んだ新しい強いなにかが、そこで鼓動する音が聞こえた。

「……七緒」

昴が玄関に立っていた。サングラスに隠れた目はわからないが、うっすらと無精髭を生やし頬が少し削げたような疲れている表情だった。濃い青いシャツが風でふくらんだ。

「目、覚めた？　運転、大丈夫？」

「ああ」と簡単にうなずいた昴は、七緒の左手の腕時計に気づいてちらりと見た。けれどなにも言わず七緒の鞄をトランクに詰める。

「もう出るのか？」

「髭剃《そ》るひまもなくて、悪いね。結構ワイルドで俺は好みだけど」

自分だけ身綺麗にしている七緒の軽口に、肩をすくめる。車のそばにたたずんだ昴と、座り込んだ七緒は、少しの間黙って終わっていく夏を眺めた。ふたりとも重い荷物を抱えていたけれど、気持ちは行き場を見つけ落ち着いていた。

胸ポケットから煙草を取り出した昴が、一本口にくわえ火をつけた。そんな当たり前の仕草が七緒にはうれしかった。そう、昴はそれでいい。どうしようもなく犠牲にならないでほしい。

七緒は自分のジーンズのポケットから煙草を取り出すと、昴に手を差し出す。彼から受け取ったライターで火をつけると、また昴に放った。

煙草が不味《まず》いのだけは相変わらずだ。いつかこれが旨いと感じるときがくるのだろうか。

「……昴」

「うん？」

「俺、シーツ汚したよね。どうすればいい？」

「俺が始末しとくから、いい。叔母さんには適当に言い訳しとく」

煙草の煙を吐き出して、昴が吸いさしの煙草を靴で踏み消す。

「うん」とうなずいて七緒は痛みを気づかせない身軽さで立ち上がり、煙草を踏み消すとジーンズの尻をそっとはらう。そして、つま先立って両手を空に向かって大きく伸ばした。

「星、どのくらい流れたかなあ。朝刊、載ってるかな？」

「夜中の星は、載ってるだろ。明け方まで流れるから、ピークはニュースでやるんじゃない？」

「そっか……。今も、ひょっとして流れてるかも？」

「かもな」

青空に流星の一瞬の軌跡を重ねて、七緒は、運命や絆というものに押し流されるようにここにたどり着いたのではなく、あざやかな動機が自分に息づいているのを感じていた。それは、昴が灯した鼓動と同じ場所で。

腕時計をさする七緒の仕草を横目で見て、昴は車のドアを開けた。

「幌、上げようよ。気持ちいいって」

「暑いぞ。……平気か？」

ギリギリでいたわたりを隠せない昴は、優しくて、やっぱり弱い男なんだろう。七緒は「へーキ」と鼻歌のように呟いて、カブリオレのドアを開けた。

最後に、昴が一度だけ高森の家を振り返った。七緒もつられるように見上げる。

七緒はふたりの関係をはじめる糸口をここに求め、昴は自分の気持ちの終焉《しゅうえん》にここを選んだ。

次に熊本をおとずれるそのとき、もうこの家はないかもしれない。

昴とのいくつもの夏と、彌生との最後の流星の夜を過ごした家は、ひっそりとしたたたずまいで、七緒たちの人生を見守っている気がした。


早朝の道路はまだすいていて、朝日に斜めに染まる阿蘇のあざやかな夏を見ながら、対向車もない道を車は飛ばす。しきりに何かを話そうとする七緒に、昴は指を自分の唇にあてて「しっ」というジェスチャーをした。

「もうしゃべるな。声、かすれてる」

煙草のせいだと言おうとした七緒は、結局はひどくだるくて、身体をおとなしくシートに沈めた。

曖昧だった昴との距離も、彼の気づかいも、以前のように持てあましたりはしない。

砂糖菓子のようなその優しさに、今はつま先までどっぷり甘く浸かっていたい。

「……昴」

七緒はドアに肘《ひじ》をもたれ、広がるパノラマの景色を見つめている。その横顔に、昴は目線だけよこした。

「このまま、逃げちゃおうか。みんな捨てて、さ」

唇だけで少し微笑んでみせると、昴はあっさり「いいぜ」と言った。

「え……っ?」昴の言葉に、七緒は目を瞬《しばた》かせる。

「逃げよう、ふたりで。世界の果てまで」

昴の横顔をしばらくぽかんと見上げていた七緒は、やがて弾けたように声をたてて笑って、頭のてっぺんに広がる青空を仰いだ。笑いながら、ふたりとも泣きたいくらい真剣だった。

七緒のかすれた笑い声は、あたりに響いて真夏の季節に吸い込まれていく。笑いすぎて、目尻に涙がにじんだ。

すごいスピードで駆け抜けていく景色と、夏と、ふたりの時間を心に強く焼きつけて、七緒は目を閉じる。

それからふたりはもうなにもしゃべらずに、昴は車を走らせ、七緒はシートに深くもたれた。昴が「眠っていいよ」とささやいたのを聞いた。身体も気持ちも泥のように疲弊して、今は繕うことはできそうにない。

車は市街地に入り、ビルの谷間を縫って、ほどなく駅に着いた。

駐車場に車を停めた昴が自分を見送るつもりなのは明白で、七緒の鞄をさげて歩いていく面倒見のいい従兄弟に苦笑する。

盆の帰省ラッシュのせいか、早朝でも駅には人影が見えた。切符を買いに行こうとした七緒を「ちょっと待って」と椅子に座らせて、昴は自分が窓口へと向かった。

昴の優しさは、その高い視線から見下ろすような押しつけがましいものではなく、彼の本質からくる自然な愛情なのだと七緒は思う。そこには同情も計算もない。子どもの頃から、喘息《ぜんそく》で苦しかったときも、昴は一度も自分を憐《あわ》れもうとはしなかった。

昴は自分への関わり方を間違えなかった。だから、七緒は昴に惹かれた。

ふと冷たい雫が頰に触れる。缶コーヒーを受け取った七緒に、昴はスッと切符を差し出した。

「六時三十九分だった。つばめ三〇四号」

ボソリと言うと足もとの七緒の鞄を拾い、昴はゆっくり改札口へ歩いていく。

昴は人混みにはぐれてしまわないように、何度も七緒を振り返って歩調をゆるめた。離れすぎない距離のとり方に、彼の女関係が透けて見える。彌生の前にもあとにもきっと昴には誰かいただろうけれど、昔は気にかかって仕方なかったそんなことも今はどうでもいいと思えた。

ふたりが重ねた昨夜のセックスは、ただがむしゃらで、愛しくて、切ない時間だった。

入場券で先に昴が改札をくぐる。階段を上がると、もう列車はホームに入ってきていた。腕時計で見ると、発車までわずかの時間しかない。昴が買ってくれた指定券を確認する。

「サンキュ」

昴の手から鞄をひったくって、七緒はタラップに足をかけた。デッキに鞄を置くと、昴を振り返る。ホームにたたずむ昴は、ちょうど七緒と同じ目線になった。

七緒の物言いたげな視線に気づいて、昴はサングラスを外した。彼のふせたまなざしの、その睫毛の先まで覚えておきたくて、七緒は懸命に目を凝らした。

足もとから列車の熱風が吹きつけ、ふたりの額に汗が浮かぶ。

「送ってくれて、助かった。叔母さんとこ寄るんだろ？　斎さんにもよろしく言っといて」

「……ああ」

「こっちの新幹線乗るの、初めてだ。新しいから、いろいろ綺麗だね」

「ああ」

キヨスクが店を開ける準備をはじめる。この駅が始発の列車だからか、ホームにも人影はまばらだった。

「あのさ、昴」

「うん？」

「彌生のこと、どんなふうに好きだった？」

意地悪じゃない、これは儀式だ。痛みを共有するための。

昴の指がピクリと動いて、それは七緒に触れるようにふと伸ばされた。七緒のまなざしが静かに昴を見つめるのに、彼は目を細める。指がだらりと落ちた。

やがて昴は深く静かな息を吐いた。背負ってきたものに思いをめぐらせるように昴はホームの隙間の空を見上げ、懐かしい慈しむ口調でぽつりと言った。

「信頼してた。……好きだったよ、親友みたいに」

「……じゃあ、俺は？　俺のこと好き？」

七緒はひたむきに昴に愛を問いかけてくる。まぶしくて苦しかったその一途な恋から、昴はもう目をそらさなかった。黒い瞳が七緒をまっすぐに貫く。

「好きだ」

七緒は目を閉じた。こみあげてくる熱いかたまりをぐっと飲み込んで、唇を噛む。

昴へと募らせた永い恋はむくわれた。叶《かな》わなかったけれど、いい。もう、これでいい。

「……ありがと。俺、うれしい」

「七緒……」

「好きになってくれて、ありがとう」

三人の人生の中で、ある瞬間のひとつの出来事の方向が変わっていたとすれば、新しい違う関係が生まれていたのだろうか。彌生は死なずにすんだのだろうか。〝ｉｆ〟は、いつも空回りし、贖罪《しょくざい》を許さない。昴が、七緒の向こうに彌生の面影を見つめ続けるように。

結論の出ない恋を、ふたりはふたりのやり方で終わらせることを選んだ。

「たとえ世界中が昴を責めても、みんなが敵になったって、俺はあんたの味方だから」

「七緒……」

「昴は、ひとりじゃない。それだけは忘れないで、憶えてて」

七緒の指が伸びて、昴のシャツの襟もとをつかむ。自分へと引き寄せ、七緒は昴の唇に唇を重ねた。

嵐みたいに激しく、いとおしいキス。彼の髭のザラついた痛みさえ、忘れない。

発車のベルが鳴る。目を見開いている昴の唇を指でぬぐって、七緒はにっと笑った。

「七、緒……」

「さよなら、昴」

トンと軽く昴の胸を押すと、彼の身体はホームへふらりと立つ。ドアが閉まった。

ドアの窓ガラスの向こうで、昴はじっと自分を見つめていた。ナナオ、と唇がかすかに動くのに、「大丈夫だから」と、聞こえないのに七緒は何度も言った。

昴のこのまなざしの美しさを、自分はきっと愛し続けるだろう。

手を伸ばせば届く永遠を、七緒は昴の瞳の中に見た。

たがいの瞳を見つめたまま、ガラス越しに指が一瞬重なる。七緒が昴を見て、指が離れ空をすべる。もううまく笑えない。

「昴……っ」

列車がゆっくり動き出す。ガタンと大きく振動が響いて、ガラスの向こうの昴が揺れて傾く。七緒を見つめたままフラフラと列車と一緒に歩く昴に、七緒は大きく手を振った。

「すばるぅ……っ！」

加速度をつけて走り出した列車に、昴の姿はすぐに小さくなってやがて空の中に消えた。七緒はいつまでもガラスの向こうに昴を見つめた。見えなくなっても、見つめた。

ガタンガタン、と振動に足が震えた。胸がつぶれる。痛くて、もう息が止まりそうになる。

「……ふ」

うつむいた横顔に、涙が流れる。やがて七緒は壁にもたれ、ズルズルと座り込んだ。

愛が美しいなんて、幻想だ。人を愛することは、こんなにも苦しくて醜くて、汚い。

それなのに、俺はこの苦しみを捨てられない。

七緒はこぶしを床に打ちつけた。涙がとまらない。

「うっ、うう……、彌生……」

昴が抱える闇に似た絶望の深さから、あの淵《ふち》から、彼を救ってあげたい。

「彌生、やよいぃ……」

だから、もう俺たちは昴を解放してあげよう。

やっぱり夏はきらいだ。彌生も家族も、恋した人すら、みんなを自分から連れ去っていく。窓の外の景色が流れ、目まぐるしくおとずれて通り過ぎたこの夏の、狂おしい、たったひとつの輝きは失われて、二度と戻らない。

紅、黄、橙《だいだい》。窓の外にあざやかに色づく秋の葉が、揺れてはらりと落ちた。放課後の廊下を、合服の魚の群れが器用に泳いでいく。オフホワイトのセーター、紺のプリーツが視界の端に尾ひれのようにただよって残った。

パタパタと軽やかな靴音が響いて、七緒はふと意識を現実に引き戻した。女生徒の笑い声、窓の下には、夏休みの間魚の聡が泳いだプールの水面がきらきら光っている。

窓枠に肘をついて、七緒は校舎の四階から世界を眺めていた。やがて夕暮れのやわらかな色に染まる涼しい風をクンと嗅いでみると、季節の終わりがけの匂いがする。じき、冬がくる。

制服のズボンのポケットに無意識に煙草を探る仕草をすると、背中からケラケラと甲高い声が響いた。

「瀬里《せり》くん、ダメよお。学校よ」

笑いながら言った賀田《かだ》が、七緒の尻を気安くポンと叩く。隣には手塚《てづか》も立っていた。

夏休みの予備校が終わり、七緒は学校でも自然に賀田と手塚と話す機会が多くなった。きっと三人は、ひと夏の戦場をともにくぐり抜けた戦友じみた親近感を分かち合っている。

時々は、手塚のもう落としてしまった金のブリーチが、懐かしいと思うこともあるけれど。

七緒は、遊び友達も笑い方も変わったし、髪も少し伸びた。

「どうだった、面談？」七緒のブレザーの胸ポケットにしまった模試の結果を目ざとく見つけ、賀田は器用にするりと抜き取った。七緒も別段頓着しない。

「第一志望、やっぱ京都なんだ。B判定。楽勝じゃん。おまえ、偏差値いいねえ」

ウヘエとかエエとか奇妙な声をあげてしきりに感心する賀田に、七緒は無言で肩をすくめてみせる。紙切れを賀田から奪い返すと、またポケットにしまった。

様々な出来事がいっぺんにおとずれ、荒々しく過ぎ去ったこの夏。

失恋の痛手を埋めるために、七緒は夏休みの後半を勉強に打ち込んだ。受験の間は、少なくとも勉強が日常で人生は付属品だ。その方が七緒には楽だった。

「賀田は、東京だろ？」

「ああ、うん。まあ、俺はテキトーよ。入れそうなとこいくつか受けてみようかなと」

「大学はいいよな。高校と違って、金さえ出せばいくつでも受けられるんだからよ」

それから賀田と手塚は、自分たちの模試の結果と今日の面談の様子を細かく説明し、担任の感触を熱心に分析していた。夏休みの間の、あの大きな流れに押し出されていく焦燥は、今は鳴りを潜めている。彼ら自身「少し落ち着いた」気がすると言っていた。

「覚悟っていうか、焦っても仕方ないかって開き直り？　けど、一月頃になるとまたいらつくって先輩は言ってたけどな」

窮屈な息苦しさ、拘束に吠え、噛みつきたい衝動は相変わらずしょっちゅう。けれど確実に近づいてくる受験に巻き込まれながらも、必死に足を踏ん張って自分の手で未来をつかもうとする彼らの姿は、七緒を勇気づけた。

それぞれの領分で、みんな精一杯がんばっている。

「瀬里もさ、ひとつくらい東京も受けてみれば？　出ていくんならどこも一緒だろ？」

ふいに言った賀田に、七緒は窓の外の夕陽《ゆうひ》を見ながら「まあね」と言った。

「東京だと、ちょっと遠すぎるんだよな」

「へ？」

「何でもない」

はぐらかす七緒のなにげない笑い方の唇の格好に、奇妙に成熟した美しさがちらりと覗いた。

夏の間に少し痩せて背が伸びた七緒の横顔は、少年の硬質さと引き換えに、艶《つや》めいた華を手に入れている。自分よりいくつも落ち着いて見える七緒の、頭のてっぺんから上履きまでを賀田が無遠慮に眺め回した。そして七緒の首筋にぐっと顔を寄せると、秘密の匂いを嗅ぎとるように鼻をクンと鳴らす。日焼けの抜けない黒い顔が、間近に覗き込んできた。

「……瀬里。たとえ受験生でも、恋愛は必修だよな」

「はい？」間の抜けた返事をしたのは、手塚だった。

七緒は横目で賀田を見ただけで、なぞめいた微笑みをよこすだけだ。

だらしなく締めた制服のネクタイの模様をこすって、賀田は秋空を仰ぐと「ひと夏の経験かあ。恋愛はいいねえ」としみじみつぶやいた。

放課後のグラウンドを、水泳部がランニングしている。窓のすぐ下を通るとき、ずっと見ていた七緒に気づいていた聡が「七緒」と呼んで屈託なく手を振った。七緒も手を挙げる。

夏の熊本の前もあとも、聡だけは変わらない。崖っぷちの七緒を持ち前のおおらかさでくるりと包み、気負わない力で支えてくれる。

熊本での昴との結末はまだ話せずにいた。聡も自分からはなにも聞かない。ただ「僕は保険だから」と、明るく笑うだけだ。昴には、案外問いただしているのかもしれない。彼は昴に対しては、兄弟らしい反発も馴《な》れ合いも相応に感じているらしい。

「今の、長谷《なせ》？　あいつ、二年の村下咲和子《むらしたさわこ》、夏休みにコクったってほんと？」

身を乗り出してきた手塚を、七緒はチラリと醒《さ》めた目線で見る。受験も、噂話《うわさばなし》や好奇心には勝てない。どこで仕入れてくるのか、その情報は正しく厳選されている。

噂は、真実だ。夏休みの間に、咲和子から聡に話しかけてきたのがきっかけだったらしい。

「最初は、七緒のことあれこれ聞かれてただけなんだって。正真正銘、誓って、ほんとに。そういうつもりじゃなかったんだけど」

鼻の頭を赤くしている少年らしい瑞々《みずみず》しい聡を見るのは、七緒にとって新鮮なよろこびだった。

「何だよ、村下って瀬里に気があったんじゃないの？　そーいう噂聞いたけど」

「男と女は、どんなきっかけでどう転ぶかわかんないってことだろ」

さらりと言った七緒に、賀田は「含蓄のあるお言葉だね」と意味深にニヤニヤ笑う。

「あーあ、いいなあ。俺にも早く春来ないかなあ」

しんみりつぶやく手塚の話す春という響きは、夏の頃よりもっと切実で、もっと現実的な未来に感じた。胸の奥にもぐっていた実感は、手に触れる、浅く近い場所まで浮かんできている。

「あ、そういやさ、瀬里知ってた？」賀田が七緒の肩に手を回した。

「中学ん時の同級生、坂本《さかもと》っていたじゃん。時々通りでギター弾いてるの。結構ツルんでたんだろ？」

「坂本？　まあ、ツルむってほどでもないけど、遊んだりはしてた」

「あいつ、薬で警察に捕まったらしいぜ」

まるで天気の話のようにさらりと言うと、賀田は七緒の肩をポンポンと叩く。七緒は隣の手塚と顔を見合わせた。特別な感慨はなさそうな手塚は、七緒の耳もとでこそりと「キレイなまんまでよかったな」とだけささやいた。

タロと名乗っていた名前のない遊び友達の、サングラスの奥の細い一重の目を少し思い出す。

「なあ、受験が終わったら、なにしたい？」

ふいに聞いた七緒に、賀田と手塚は顔を見合わせる。手塚はすぐに言った。

「彼女、作る。デートしまくる」

「手塚くん、大学入ればもれなく彼女がついてくるって幻想は、早々に捨てたほうが傷は浅いよ」

冷たく言った賀田は「俺はとりあえず、ゲームしまくって漫画読みまくる」とうなずいた。賀田の忠告に鼻白んだ手塚は、照れくさそうに鼻の頭を掻いた。

「まあ、とにかくこのしんどい生活とおさらばできるなら、俺は何でもいいよ。瀬里は？」

「俺？　……ん、そうだな。とりあえず、春は桜かな。オリオン座も結構きれいに見えるぜ」

「はあ？　オリオン……、ってなに？」と、賀田と手塚はまじまじと七緒を見た。七緒のイメージと、彼の話す単語の意味が結びつかずきょとんとまばたきする。七緒は涼しい声で笑った。

他愛ないささやかな希望だけれど、この小さな気持ちが今の自分たちを支えている。

夕陽ににじむグラウンドの塀の向こうに、覚えのある車の形が見えた気がして、あれ、と思った。

シルバーのローバー、時々携帯に電話を入れてくる男の、甘い低い声のさざめき。

窓から身を乗り出すと、走って行く聡のジャージ姿とプールの水面が混じって溶けた。七緒はいつかの村下咲和子との会話を思い出している。

咲和子の言葉はまぎれもない真理だった。若さは身軽だ。未来のことは、どうなるかわからない。


校門を出たところで、車のパッシングに迎えられる。七緒は車に近づき物も言わずに助手席に乗り込んだ。

運転席の男がサングラスを外し、煙草を灰皿に押しつけた。

「待ちぶせが得意だね、高塔さん」

制服姿の少年と、こちらはブランドもののグレーのスーツを着た青年だ。七緒の軽快な嫌みに、もう派手なネクタイはしない榛名は唇の端でニッと笑った。車を発進させる。

「遊びに行こうぜ、少年」

「あいにく、受験生はシンデレラ。タイムリミットは三十分」

「了解。それじゃ、海までドライブね」

わずらわしい駆け引きのいらない榛名の紳士的な答えに満足して、七緒の唇が薄くゆるむ。

昴とは違うフレグランスと、違う銘柄の煙草。

繁華街のいくつもの夜遊びも、名前も知らない女の子も、遊び友達も。

サヨナラ、最高に退屈で、優しくて、抜け殻みたいにキレイだった日々。


半月形の洋風のポストを開けて、夕刊と何通かの郵便を取り出す。受験に関するダイレクトメールがいくつかあった。榛名とのドライブが終わり家に送り届けてもらう頃には、もう夕陽は地平線に沈みかけていた。

郵便になにげなく目を通していたら、かすかな水音がして耳を澄ます。庭だ。

模試の結果をブレザーの胸ポケットにしのばせた七緒は、急いで玄関を開け鞄と郵便をごちゃごちゃに放ると、ドアを開けっ放しのまま庭へと回った。

夕方に水まきをする昴を、いつも七緒は自分の部屋の窓からこっそり見守る。今日は面談とドライブで遅くなったから、偶然重なったらしい。七緒はブレザーの袖をクンと嗅いだ。

煙草の匂いは染みついてない、大丈夫。

夕暮れの暖かな色に染まる世界に、ひょろりと背の高い青年がたたずんでいる。くたびれた感じのセーターと、ジーンズにいい加減なサンダルをつっかけている。縁のない薄い眼鏡をかけ、ジーンズの尻ポケットには汚い軍手が突っ込んであった。鼻筋の通った整った顔立ちに、少し伸びた肩までの長い髪がよく似合っている。

水まきをしている昴は、いつも七緒に気づかない。だから七緒も気兼ねなく彼を見つめていることができた。不自然に避けることもしないけれど、自分から近づくこともめったにない。昴の背中を斜めの角度で見ながら、この前言葉を交わしたのはいつだったかなと七緒は考えた。

水飛沫《みずしぶき》がオレンジ色に弾けて光る、不思議と幻想的な光景だった。昴は緑に囲まれたこの世界になじんでいる。

この空間を壊したくなくてしばらく息をひそめて見つめていた七緒は、すうっと深呼吸して、ひかえめに「昴」と呼びかけた。

振り返った昴が向けたホースで、七緒の髪に飛沫が飛ぶ。

「わ……っ」

「七緒?」あわててホースを下ろした昴が、水道の蛇口を止めに走る。蛇のようにうねうねと芝生の上でホースが躍った。水が止まるとホースもおとなしくなった。

七緒の濡れた前髪を、昴は首にかけたタオルで無言でぬぐう。七緒が「平気」と言っても、丁寧に濡れた髪を拭いてくれた。七緒も、やがておとなしく昴の動作にゆだねる。触れてくれる間、ずっとうつむいて昴の汚れたサンダルのつま先を見ていた。

昴は土で汚れている自分の手を、無造作にセーターの腰で拭いてから、そっと遠慮がちに七緒の前髪を整えた。自分に触れるとき、昴が一瞬身構えるのに七緒は気づいている。それは七緒を哀しい気持ちにさせたけれど、でも仕方ないかなとも思う。近づけば近づくほど、距離は遠くぎこちなくなる。なんてややこしい関係なんだろう。

「……昴。男前になってるよ」

七緒は、自分の右頬を「ここ」と指さした。「ああ」と気づいて昴がタオルで泥をぬぐう。

普段は身なりをきちんとした綺麗なたたずまいの男なのに、庭いじりのことになると途端に自分に頓着しなくなる。ホースを拾って円を巻くと、七緒は水道の蛇口にかけた。

おかしなところはひとつもない。会話もふるまいも普通に流れていることに七緒は安堵《あんど》した。

「また水まきしてくれてたんだ。悪い」

七緒の細い制服の背中を見て、昴は「ついでだから」と言った。眼鏡を外して水滴を拭く。

「うちの庭と一緒にやってるし。自分で見たいところもあるから、俺がやるほうが手っ取り早い」

そっけない言葉を話しても、昴は基本親切な男だ。庭では煙草を吸わない昴は、何度かジーンズのポケットをさする仕草をした。

「昴、ひまなときにでも母さんにガーデニング教えてやってよ」

「郁子叔母さんに？」

「熱中できることがあれば、少しは気がまぎれるかもしれないし。俺がいなくなったら、この庭の面倒見るの母さんなんだからさ」

昴が前髪を掻き上げ、目をすがめた。七緒が肩越しに昴を振り返る。

「……いなくなるって」

「昴には、自分で言っておきたかったんだ。俺、京都の大学に行くよ」

昴の目がじっと七緒を見た。一瞬の沈黙に、とまどいや困惑、憤りがにじんで溶ける。「七緒」と呼んだ昴の声色に、七緒はあわてて手を振った。

「これは、夏の前からずっと決めてたことだから。聡が証人。俺、この機会にここ出ないと、もう一生出られない気がしてて」

「七緒……」

「もっとも、母さんにはまだ内緒だけどね。今日打ち明けようと思ってるんだ」

昴に向き直ると、七緒は指を伸ばして昴の手の甲に用心深く触れた。昴の手がピクリと動いたけれど、彼は黙って七緒の好きなようにさせた。

「昴、ちょっと触ってくれる？　ここ」

昴のてのひらを包むと、七緒はそれを自分の頬にあてた。そっと目を閉じる。

「七緒、手、汚れてる……」
シ、と唇に指をあてて、そのまま七緒は昴のてのひらの温度に心を傾けた。土と水と、かすかな煙草の匂い。ザラついた大きなてのひらに頬を添わせると、昴の存在が染みた。
母親との話し合いは困難だろう。けれど時間をかけて言葉を尽くす覚悟がある。許容や妥協ではなく、対等な理解が得られるまで、きっと自分は幾度でも話せるはずだと七緒は強く思う。

「……母さんと話し合うの、大変だろうな」目を閉じたまま、七緒が言った。

「そうだな。叔母さんは、おまえを手離したがらないだろうから」

うん、と七緒の唇がやわらかく笑った。

「想像するだけでうんざりするんだけど、でも、今は少し母さんの気持ちもわかる気がするよ」

七緒はゆっくりと目を開けると、昴の手を優しく解き、古い自分の家を見上げる。

この家は、三年間時間の流れを不自然にねじ曲げていた。十七年という歳月も、昴の庭の緑も薄汚れた壁も、全部が愛しくて切ない。居心地よいこの場所に守られて、本当はずっと眠っていたかった。

「今この場所から立ち上がらないと、俺、きっと一生ここに縛られたままになっちまうよ。

だから、出ていくんだ」

七緒は、凜と透き通った未来形で言葉を話す。その声はすっと明日へ続いていく。

「俺、受験は義務だって言ったよね。それは変わってない。今も尋ねられれば義務だって答えると思う。でも……、未来の自分のために、今の自分がやらなくちゃならない義務なのかもって、そんなふうに考えてる」

振り返ると、昴は七緒を見ていた。多くを語らない静かなまなざしは、ときに七緒を励まし、叱り、今はその決断と覚悟のすべてを受け入れ見届けようとしている。

夕焼けににじんだ昴の淡い輪郭に、ふいに鼻の奥がツンと痛くて、七緒はごしと目尻をこすった。

「……昴。いままで、ありがと」

「俺はなにもしちゃいない」サンダルで土を蹴った昴に、七緒は明るく笑った。

「昴も、知らないうちに誰かを癒せることが、きっとあるんだよ」

「七緒……」

「けど昴は、昴はさ。もっと自分を大切にしなよ。自分を切り捨てるみたいにあちこちに優しくしてて、すり減って、抜け殻になっちまう。しんどいよ」

星の名前を守護する青年の緑に根ざした優しさは、七緒にはまるで魔法のように得がたい尊いものだった。

「ささえてくれて、ありがとう」

七緒は、何度もありがとうと言った。素直につたえられなかった子どもの頃の分まで、心から。

世界は生きている色彩に包まれ、あざやかな緑の香り、蔓《つる》バラ、ダリア、秋に咲く樹の花、オレンジの雲、十七年のいろんな出来事がぐるぐると回って七緒を取り囲んだ。

心は死んでいない。なにもかもが、こんなにも素晴らしく、胸に迫る。

昴と眺めたこの世界を憶えていたくて、七緒は少し昴に近寄ってつま先立つと、彼の煙草の匂いを深く深く吸い込んだ。「昴」と最後に名前を呼んで、そっと顔を見上げる。

「七緒……」

名前を呼んでくれた昴のその表情を、七緒はいつまでも忘れずに憶えていようと思った。

やがて季節は雪の舞う冬になり、そして新しい自然の息吹《いぶき》が生まれる春が来る。

京都駅から地下鉄で四つめの駅で降りる。地上に出るとバス通りのすぐそばに京都御所があり、緑の多い神聖な空気に包まれたたたずまいだ。

春もののダッフルコートを着て、両手はポケットに突っ込んで歩く。三月の京都はまだ寒い。桜が咲く頃にも花冷えの時期がある。

慣れない土地をひとつずつ確認するように、周りの風景を熱心に眺めながら、頭の中で地下鉄の途中の駅名をそらでくり返していた。

どんよりと薄曇りの空を見上げて、細い路地に入る。古都らしい年代ものの木造アパートや喫茶店、道端の植木鉢の隣には真っ白な猫が寝そべっていた。この半月、雨の日以外はきまってこの位置に寝ている。靴音に億劫そうに片目を開けて、薄い青い眼《め》をちらりと瞬かせる。一度だけ鳴き声を聞いたことがあったけれど、子どもの甲高い声に似ていた。

小さなマンションの二階、小さな部屋。六畳の部屋にキッチンがついた1Kタイプ。

ドアを開け、三和土にスニーカーを脱ぎ捨てると、七緒はコートをベッドの上に放った。段ボールをかき分け荷物に埋もれているリモコンを探り、エアコンをいれる。

「……やべ。忘れてた」

窓辺に吊るしていたイングリッシュ・ホーリーは、自分の部屋から持ってきた。コップで水をやると、昴がやっていた通りに丁寧に葉っぱを見て土に触れた。

まだほどいていない段ボールを足で脇にどけ、ヤカンを火にかけ、食器棚からカップをひとつ取り出した。食器も家具も全部が真新しい新品で、母親の郁子が選んだものだ。煙草に火をつけてから、あわてて灰皿を探す。初めてのひとり暮らしは、なかなか勝手がつかめない。

　コーヒーを淹《い》れていると、今度は携帯電話が鳴りはじめた。落ち着かなさに「はいはい」とため息をついて七緒はコートのポケットを探る。

『七緒』と、明るい大きな声が響いた。「もしもし」も言う間もなかった。

「なに、聡？　どうしたの？」

　聡の電話は周りが騒がしくて聞き取りにくかった。七緒は腕の黒のダイバーズの時計を見る。

「おまえ、まだ学校だろ？　どうかしたの？」

『七緒、マジで京都にいるのかよ？　何か、まだ嘘くさい。そこ本当に京都？』

　くだらない電話にふいに胸を衝《つ》かれて、七緒は一瞬黙り込んだ。心細さを思い出させる聡のタイミングは絶妙だ。煙草の灰がポロリと落ちた。

「……なーに、ばか言ってんの。卒業式のあと、駅まで見送りに来てくれただろ？」

『そうだけど。隣の七緒の部屋にさあ、明かりついてないのがすごく不思議なんだよね。ああ、マジで七緒が遠くに行っちゃったんだなあって』

「遠くないよ。遊びに来るんだろ？　春休みに泊まるって言ってたじゃん」

電話の向こうに、七緒の住み慣れた土地の匂いがする。

『行くよ。桜見たいから、連れてけよな。哲学の道とか、嵐山？』

「村下サンと来れば？」

けけ、と笑った七緒に、聡は気まずさと照れ隠し半分にチェッと舌打ちする。

『それよりさ、おばちゃん、七緒がそっち行ってから、庭いじりとかしてるんだよ。変になったかと思ってビビッた』

「違う、ちがう。昴に頼んだんだ。趣味のガーデニングでもすすめてくれって」

とっさに笑って、昴、という名前の響きに七緒は自分で一瞬びくりとした。息を呑んだのが聡にもつたわっただろう。

失恋した七緒の経緯に、聡は徹底的に憤慨し、凶暴にわめき昴を罵ったが、しまいにはその痛みすら七緒の一部として消化してくれたようだ。

『……おばちゃんさ、よく七緒が出ていくの許したね』

「結構、壮絶だったよ。俺、二回ビンタくらったもん」

『げ、マジ？』

「丸ひと月くらいかかったんじゃないか？　けど、喧嘩《けんか》別れで飛び出すのだけは避けたかったから、まあ、けど結局は俺のねばり勝ちかな。約束したんだ、俺からは家には帰らないから、だから母さんたちがこっちに遊びに来いって。帰るときは俺が駅まで見送るから、絶対に、二度と残される淋しさは感じさせないからって」

『七緒……』

「そう言ったら、母さん、泣いたよ」

自分たち親子は、血のつながりや絆に頼らない方法で、人生の乗り越えなければならない営みのひとつを越えられたのだと思う。あと必要なのは、距離と時間だろう。塞《せ》きとめられた三年間の記憶をゆっくりとほどいていく間に、自分たちはもう少し優しい関係になれるはずだ。

「聡、俺さあ。最近、彌生のことよく考えるんだ。彌生の好きだったこととか、やりたかったこととか。もっと、いろんな話したかった」

『うん』

「聡、俺、彌生に会いたいんだ。すごく、会いたいんだ」

うん、うんと聡は何度もうなずいた。電話越しに、ふたりは彌生の思い出を共有していた。優しい笑顔、右のえくぼ、抱きしめてくれるときの、あの愛情深い細い指先。

聡は穏やかに七緒の言葉を受けとめてくれた。七緒は震える指で煙草を灰皿に押しつける。

「……昴、元気？」

少しの沈黙のあと、やっぱり七緒はそう聞いていた。『そうだねえ』と聡は考え答える。

『見た目は普通だよ。大口の仕事片づいたばっかかだからしばらくのんびりするとか、話すことも筋道は通ってるし。ふらふら出歩いてるみたいで、夜も遅い。昨日なんか庭でボーッと座り込んでてさ、ちょっと抜け殻みたいで気味悪いね』

ヌケガラ。最後に自分が昴に話した言葉と同じ言葉を使った聡に、偶然だけれどドキリとした。

『七緒。僕、熊本行けって言ったこと、少し後悔してる。本当に、おまえらこれでいいのか、今も何遍も考えるよ』

「違うよ。あのとき熊本に行かなかったら、俺と昴はもっと最悪な形で終わってた。今はまだ従兄弟ではいられるだろ？」

『七緒は、それでいいのか？　満足？』

「昴が、そう望むなら」

ためらいのない澄んだ七緒の声に、聡は一瞬沈黙した。それは七緒を励ますようでも、たしなめるようにも感じられる時間だった。

「昴につたえてくれよ。もう嫌いになったから安心しろって」

『七緒のためには心から賛成だけど、アニキの健康のためにそれは僕のとこで握りつぶしとくよ』

溌剌《はつらつ》とした笑い声に、七緒もつられて笑った。

『七緒、ちょっと変わったね。人との関わり方が柔和になった』

「え？　なに、難しいこと急に言ってんの。受験とか家とか、厄介な悩みから解放されたからだろ」

『そっちでの新しい生活でさ、今までと違う友達作りなよ。うわべじゃない、本当の七緒を見てくれるようなやつ、作りなよ』

こんなことをさらりと言えてしまう聡の、このおおらかな人間性。

まがいものじゃない思いやりの言葉を話す、子どもの時分からそんなふうな従兄弟に、七緒は涙ぐみ、鼻をすすった。七緒の感傷を聡はそ知らぬふりをしてくれた。

それから聡は学年末試験の結果や、早く水泳がしたいとか、自分のことをいくつかと、七緒の様子を熱心に聞いた。

そして最後に春休みに七緒のもとをおとずれる約束をして、ふたりは電話を切った。

窓辺のイングリッシュ・ホーリーをふと眺めて、七緒は二本目の煙草に火をつける。煙の向こうに見ているものは、曇った空と、春浅い土地での、新しい生活のはじまりなのかもしれない。


繁華街の大通りは、夕暮れの時間帯はラッシュで混雑する。川沿いには真新しいビルがいくつも立ち並び、その明かりは水面に幻想的な灯《ひ》を映し揺らめかせていた。川縁の遊歩道のしだれ桜は、もう蕾《つぼみ》をつけはじめている。春とはいっても、夕暮れから夜はぐっと冷え込む。

広大なスペースをいくつかの部屋に区切り、前衛的なオブジェや歴史的絵画が空間を飾る。オフホワイトの壁に木目の床が落ち着いて清潔な印象だ。

間接照明にやわらかくライティングされる絵を、昴は少しの距離をとってじっと眺めた。暖色系の色合いと大雑把な線は、泥くさい、生き生きとした躍動感を感じさせる。好きな色使いだと思った。

夕方になっても、まだ人出は減る気配はない。腕時計にちらりと目を落として、さあこれからどうするかと思案していたら、ふいにコートの肩をぽんと叩かれた。

「よお、長谷」

振り返った昴は、真後ろにたたずんだ友人に目を見開いた。いつも彼の現れ方は唐突だ。

「高塔？　どうしたんだ、ああ、おまえもここ見に来たのか？」

普段仕事でスーツを着ている榛名は、今日は春もののジャケットにラフなパンツ姿で、まるで大学の頃の彼を思い出させる。鼻の下をこすって「……ン」と榛名は照れたふうに笑った。

「事務所に電話したら、今日はここだろうって言われてさ。おまえ、また携帯持ち歩いてねえんだろ？　あちこちウロウロしちまった」

「え……？」

「探してたんだ。話があるんだけど、ちょっといいか?」

偶然を装うこともできたのに、榛名はそう正直に話した。昴は友人の真意を図るように薄い眼鏡の奥の瞳を細め、やがて小さく「ああ」とうなずいた。

「下のカフェで、コーヒーでも飲むか?」

「任せるよ。それより、めずらしく若い格好してるな。今日は仕事は?」

昴の背中を軽く抱くように人混みを歩きながら、榛名は昴の軽口にふふと可笑しそうに笑う。

「仕事はオフ。長谷がいつも若々しいのを見て、俺も見習おうと思ってね。ネクタイは特に不評でさ、やめろやめろってうるさいの」

「……誰が?」

それには答えず榛名はニッと笑う。昴もそれ以上は聞かなかった。不愉快な気持ちになる予感がした。

川沿いのオープンカフェは、中途半端な時間にもかかわらず混雑していた。窓際に適当に座り、榛名はオープンサンドに生ビールを注文した。昴はコーヒーだ。

「高塔、車じゃないのか?」

「いや、今日は地下鉄。旅行帰りなんでね」

昴が煙草を取り出すと、榛名がライターで火をつける。そして自分の分にも火をつけた。

「旅行？　どこ行ってたんだ？　また出張？」

「それは、あとで話す。それよりさ、アトリウムどう思った？　パーティーのときは暗くて混雑してたから、じっくり見られなかっただろ」

十日前にオープンしたばかりの、ショップやレストランが入ったこのビルの上層階に、空中庭園がある。昴も今日のいちばんの目的はそこだ。ふたりともオープニングレセプションに招待されたが、榛名はとにかく昴の印象を聞きたくてうずうずしているらしい。グッと顔を近づけてきた。

昴はデイパックからデジタルカメラを取り出すと、榛名に見せた。榛名が液晶を覗き込む。

煙草をふかしながら、昴はアトリウムの写真で止めた。

「……空間にゆとりがあるし、柱の間隔も邪魔しないな。光彩もたっぷりとってある」

そして「ここ」と画面の中央を指さし、

「美術館への入り口へのつながりもスムーズだ。高い天井は一見むだな空白みたいで、実に計算されてるね。パブリックスペースっていうのは、本来プライヴェートな空間を尊重し、内包するものでなくちゃならない。俺なら、ここか、こう、緑で導線を作るかな。独立した奥行きを持たせて、視線をとぎれさせず引っ張る。けど、ここの距離感はいいね」

サングラスを胸ポケットにしまうと、榛名は画面に鼻が触れるほど顔を近づける。「ふーん」と煙草の煙を吐き出した。

「たしかに、全面ガラス張りで開放感があるな。緑と木目のカラーバランスもちょうどいい。ここの、このオブジェがいいね。水面に夕焼け色の模様を作ってさ、ちょっとノスタルジックだ」

「俺は美術館も好きだな。アジアンテイストって、不思議とマインドテラピー的効果がある気がする」

「ああ、それはあるかもね」と榛名は煙草を灰皿に押しつけた。靴のつま先でテーブルの脚を二度蹴る。

「極彩色は、赤やオレンジや、精神が高揚して新陳代謝が活発になる色使いが多い。身体が暖かくなる色味だ」

窓の外はもう暗く、風が吹いていた。川の水面に街灯がゆらゆらと美しく揺れている。

色素の薄い榛名の瞳は、店の照明に融けて透き通った不思議な色に映る。それは彼の飲むビールの色にも似ていた。作りものめいた美貌を横目で見て、昴は黙ってコーヒーをすすった。

「思い出した」と、榛名の横顔がぽつりと言った。

「俺に、自分のイメージカラーを尋ねたやつがいるよ。ネクタイを酷評したのと同じやつだけど」

「……うん？」

「俺は、そいつは赤だって答えたんだ。青かと思ったんだけど、情熱的でセクシーな赤ってさ」

オープンサンドにナイフを入れる、フランスパンの切れる軽やかな音。

「高塔？」

「この間のレストラン、伯父貴《おじき》も相当気に入ってたぜ。おまえのガーデンデザイン」

「そうか？　まあ、だといいけどね」

「長谷のセンスは、学生時代から抜きん出てたよなあ。ツラも人当たりも適当にいいし、見かけは普通のお兄ちゃんなんだけど、考え出すデザインとか、ちょっとゾッとするもんがあった。一度も見たことのない空間と人との融合を、おまえは本能で造り出してた」

「何だよ、急に。今度は思い出話か？」

くるくる変わる榛名の言葉に、昴は苦笑する。

「おまえは、人と緑のつながりの間に、もうひとつ、人と人との調和を模索してるように思えたよ。ガーデンデザインじゃなく、こいつは将来ランドスケープに進むんじゃないかってね」

榛名は、その薄い表情と同じほど内側を読ませない。饒舌《じょうぜつ》な榛名の真意を理解できずに、昴は眉をひそめた。

「だから、今日はホッとしたよ。うちひしがれた哀れな男は感性も錆つかせてんじゃないかと心配だったが、おまえの才能はもう本能だ。本物だよ」

「……何だって？」

昴はもう困惑を隠さない。いらだたしげに、煙草を灰皿に押しつぶす。

「俺、昨日から京都に行ってた。七緒に会って、一緒に泊まったよ」

さらりと言われて、昴はとっさに表情を繕えなかった。煙草を握りつぶすほどの激しさに、榛名は悪びれる様子もなくニヤリと笑った。

「う、そ」

「高塔、おまえ……」

「京都も七緒に会ったのも本当だよ。〝お付き合い〟も、もう何度も申し込んではいるけど、まだ色よい返事はもらえてなくてね。あ、ほら、俺、タイプの子なら性別問わないから」

「おまえと違って」と低く言って、パン屑《くず》のついた唇の端をぺろりと舐めると、榛名は新しい煙草に火をつける。

榛名は別段昴の反応を面白がっているでもなく、ただ昴の憤りを胡散《うさん》くさげなまなざしで斜めに見ていた。

「俺が七緒と会ったからって、何でそんな殺されそうな眼で見られなくちゃならないんだ？おかしなやつだな、自分から、あいつを切り捨てたんじゃないの？」

「高塔っ！」

「何てね。七緒は、なーんにも教えてくれないからさ。まあ、あいつが自分からおまえと離れたってのはありえない話だと思ったんで、たぶんおまえが捨てたのかなという俺の勝手な推測」

男女の愁嘆めいた物言いに、昴は嫌悪の表情を浮かべる。七緒とのことを、他人に下世話に邪推されるのは我慢ならなかった。

「そんなんじゃない。七緒は最初から俺のものじゃなかった」

「俺は、そういうくだらない言い訳を聞きに来たんじゃないよ」

退屈そうに煙を吐き出し、榛名はぴしゃりと言った。

昴は黙り込む。榛名が事情は知らないと言えば、それは真実なのだろう。この男は本当のこともあまり口にしないが、嘘は言わない。

けれど、聡明な榛名は、自分と七緒との関わりもそこにある感情のすべてもとうに理解している様子だった。

今さら、ごまかしも繕おうとするわずらわしい気持ちも昴には湧《わ》いてこなかった。

眼鏡を外すと、昴はこめかみを指で揉んだ。ため息が自然とこぼれる。照明の陰影なのか、昴の横顔は眼窩《がんか》が落ちくぼんだように、目の下に濃い陰が浮かんでいた。

少しの間に痩せてしまっている友人の苦悩を、榛名は煙草に火をつける昴の指先の微細な震えに見ていた。昴はまるで殉教者だ。榛名は苦いものを呑み込む気分で、ビールのグラスに口をつけた。

昴のその苦しみを声高に断罪し、傷口に塩を塗りこむ。そんな最低な役目、七緒を差し引いても割りにあわない。

夜の店の喧噪に、流れる車のブレーキランプの赤。暗い川の水面ににじむ街の灯を、ふたりは少しの間黙って見つめていた。しばらくして、風景の一部のような静かな榛名の声が言った。

「長谷は、まあ、たぶん優しいんだろうなあ。でもその優しさは、誰も救わないと思うけど？」

「え？」

「恋愛沙汰《ざた》のあれこれってさ、泣いたりわめいたり、傍《はた》から見たら馬鹿みたいなもんかもしれない。だけど、惚《ほ》れるってそれだけ必死なんだよな。全力なんだよ。惚れた相手となら、苦しみさえ幸福に思えるんだ」

表情のない無機質な昴の横顔は硬く、ただ黙って榛名の言葉を聞いている。長い前髪に隠れてその表情は見えない。榛名は味気なく煙をふかす。

「だから、俺はおまえのやり方には胸が悪くなる。ブン殴って目ぇ覚ませって言ってやりたいけど、あいにく、七緒が許さない。あいつは、おまえの足枷《あしかせ》になるようなことは、ひとつもする気はないよ」

昴の指先がピクリと引き攣り、のろのろと榛名を見る。ずっと以前、聡も同じ言葉で昴を責めた。榛名と靴のつま先が触れたのにも昴は気づかなかった。

「あいつは、自分からはおまえを欲しいってもう二度と言わないさ。おまえの望まないことは、なにひとつだってしやしない。俺みたいな人種には信じがたいけど、そんな愛情もたしかに存在するんだ」

「……俺は、」

ようやく昴が口を開いた。かすれた声を絞り出し、苦痛にまみれた指先で髪を掻き上げる。

「俺は、ただ、淋しいだけだよ……」

「長谷」

「淋しいんだ、すごく。もう失ってしまった……」

目を閉じ、昴は深く息を吐いた。もう、なにもかもがどうでもいいと思えた。罵られ誘《そし》られても、取り繕う言葉は今の自分の中にはない。空っぽだ。

昴の指の間の煙草から、細い煙が立ち昇っていた。「彌生は」と榛名がぽつりと言った。

「彌生は、おまえが七緒に惚れてることに本当に気づいてなかったのか？　付き合ってたのに？」

「……さあ。俺には、わからない」

「大学で一度だけ、俺は彌生といる七緒を初めて見た。あのとき俺は、ふたりがキョウダイだって……」

そこまで言って、ふいに榛名の言葉がとぎれた。

疲弊しうつむく昴の腕に、そっと寄り添うように白い指が重なって見えた。いるはずのない女の面影を見て、榛名はそれを凝視する。薄く透ける彼女のまなざしは、ただ一心に昴を案じているかのようだった。

「高塔？」

「そうか、彌生は自分の……、いや、違う、おまえたちだけの……」

目の前の昴の隣には、もう誰の姿も見えはしない。榛名はぬるくなったビールを飲み干し、昴の隣をもう一度見て、それから手もとの空になったグラスに視線を落とした。

「そうだよ、泥にまみれて地べたを這いずった愛情だけが、純粋なんだ。だから彌生は、三人なら至高の愛情を実現できると信じてた……ああ、まったく女は怖いよ。愛すべき魔物だ」

「おい、高塔？　酔ったのか？」

友人が急におかしくなったのかと妙な顔をした昴に、榛名は一度ゆっくりまばたきをすると、それからふっとやわらかい微笑みを浮かべる。「長谷」と彼は親しみを込めて名前を呼んだ。

「なあ、長谷。おまえは本当はどうしたいんだ？　彌生でも七緒でもない。おまえの望みは？」

「俺の……本当の、望み？」

「少なくとも、七緒はおまえがどんな男でどんな格好でどんな生き方をしてても、構いやしないさ。王子様でも一文無しでも、たとえ犯罪者だとしたって、〝長谷昴〟ならいいんだ。あいつは、おまえを愛してる自分に誇りをもってる」

「……欲しいものを欲しいって素直に言えるほど、俺たちは子どもじゃないだろう」

「歳くって、清濁あわせ呑んだってこと？　なるほど、たしかに七緒はマシンガンだ。世間を知ってる大人のおまえが模範的にセーブする。慎重になるわけだな」

榛名は薄く笑ったけれど、昴のやり方を臆病だと否定することはしなかった。

夜の街並みを行き交う群衆の中で、ふたりの男は煙草を吸い、初めて素直な気持ちを話している。

安定や秩序の社会で生活する間に、臆病に人の顔色を窺い、保身の術《すべ》だけやけに長《た》けてしまった。若さという名の牙《きば》はとっくに丸く研がれ、常識の枠からはみ出ることをなにより恐れている。

「……けどなあ、素直に言えなかった後悔を、この先死ぬまで引きずることだってあるかもよ？」

「高塔……？」

「長谷、おまえ、本当に怖いものが何なのか、今ならわかるんじゃない？　も一遍くらい、がむしゃらに子どもみたいに無茶やってもいいんじゃないか」

それは、ほとんど優しいといっていい、やわらかい響きの言葉だった。自分とは別の種類の榛名の生き方が、一瞬だけ昴に軽やかに触れていった。

それからは、もう榛名は七緒のことはひと言もしゃべらなかった。どちらからも無理に会話をつむぐ努力もせず、だらだらと煙草を吸い、まだ世界のすべてを知りもしないのにこんな場所にぼんやりと座ったままだ。

本当の望み、本当に怖いもの。

昴の奥にあるものに向かい、謎《なぞ》めいた言葉で榛名が問いかける。

絶望を救う唯一の希望の名前を、本当は昴は知っているのではないかと。


熊本の斎が瀬里の家を訪ねて来たのは、ちょうど春の彼岸のことだった。

昴が榛名と会った、二日後のことだ。あとになって考えると、すべてが不思議な糸でたぐり寄せられたような数日だったと思う。

その日はよく晴れて暖かく、眩しい陽射しの庭に白い日傘をさした和服姿の斎がたたずんでいた。

ミモザのあざやかな黄色が斎の上品な訪問着によく映えた。斜子織《ななこお》りの数寄屋袋《すきやぶくろ》をたずさえ、帯と帯揚げの間に扇子をさしている。地味だけれど初春らしい色合いの無地の着物に、桜《さくら》刺繍《ししゅう》の帯。まっすぐな背筋の祖母は春の日溜《ひだ》まりの中では若々しくあでやかな女性だ。

彌生も、こうして春の頃はこの花の下にたたずんでいた。煙草の煙の向こうに、自分はこんなふうによく彼女を眺めた。時々は、彌生の隣に七緒もいた。

春の薄い青空に、陽気にいっせいに色めきだつ草の緑。優しい虫の羽音が耳もとでして、生きものの動き出す季節を知らせた。緑が芽吹く春になると、いつも浮き足だって、じっとしていられない気持ちで仕事に忙しく明け暮れた。あれは、七緒がくれた情熱だったんだろうか。

胸に巣くう虚しさは日ごとに心を蝕《むしば》む。あるべき場所に鼓動の音が聞こえず、この先こんなふうにただ日常をやり過ごしていく人生なのかと昴はぼんやり思った。

大切なものが見つからない。どこを探しても、もう二度と輝きは戻らない。

仕事場の窓から見ている昴に、振り返ると斎は穏やかに微笑みかける。

「このアカシアは、本当に綺麗だね。昔、娘の時分の頃にいた満州のことを思い出しますよ」

「ふーん……」

煙草の灰を灰皿に落とし、昴は適当に相槌《あいづち》をうつ。満州には行ったことはないが、瀬里やこの長谷の庭に誰かの存在があるのは悪い気分ではなかった。それが、七緒以外だとしても。

瀬里の親戚たちは彼岸で彌生の墓参《ぼさん》をしているので、まだ帰っていない。突然訪ねてきた斎を迎えたのは、ひとり長谷の家にいた昴だった。

「それよりさ、突然どうしたの。斎さん法要に来てたから、彼岸はどうするかわからないって言ってたでしょう。腰もよくないって香代叔母さんから聞いてるよ」

「そうだねえ」とミモザの花に白い手を伸ばし、斎は首を傾《かし》げた。

「あたしも、迷ったんだけどね。でもお天気もいいし、これからはそうちょくちょくは来られないだろうと思ってね」

外国の血が混じる祖母の目は薄い色で、そういえば七緒の顔立ちは母親の郁子よりも斎の方に似ているように昴は思った。若い頃の美貌は衰えはしたが、まだ斎を際立たせるのに充分だ。

斎は腕時計を見て少し考えるそぶりをしてから、背の高い昴を見上げた。

「昴。ひまなら、車を出してくれないかい？　あたしもこうしてても仕様がないし、昼間のうちにできれば墓参りしたいと思ってたんだよ」

「え……」

唐突な祖母の申し出に、昴は眼鏡の奥の目を瞬かせる。

「聞いたよ、昴。仕事はサボリだってね。ドラ息子に成り下がってんだろ？」

「サボリって……、人聞きの悪い。休暇みたいなモンだよ」

嫌な顔をした昴のシャツの腕を軽くつねって、斎はぴしゃりと言った。

「さっさと車を出して、ついでに、その垢抜《あかぬ》けない顔も洗っといで。髭ぐらいきちんとあたりなさいよ。ほら、しゃんとして」

歯切れのいい言葉で昴の気持ちを急《せ》き立てると、いつまでも若々しい祖母に昴は肩をすくめる。

仕方なく髭を剃り、服を着替え、度入りのサングラスをかけると車庫から車を出した。黒のカブリオレにサングラスの昴と、和服姿の斎の取り合わせ。

「……斎さん。俺たち、どう映ってるのかな」

「昴、途中で花屋に寄っておくれね」体裁など気にする様子もない祖母の潔さに、昴は少し笑ってうなずいた。

彌生の墓碑は、車で一時間ほどの海の見える小高い霊園にある。緩やかな坂道を登りきると視界が開けて、彼岸で、どの墓前にも新しい献花と線香が見られた。午前中にひとりでおとずれたここで、昴はまた何組もの家族の哀しみやあきらめ、安らかなまなざしとすれ違う。昴はサングラスをそっと外した。

桜の切り枝を抱えた斎の後ろから、日傘をさしかけた昴が歩く。みんなが振り返ってふたりを見るのにも、斎の背筋はまっすぐで、どんな視線にもひるまない逞《たくま》しさがあった。

小高い霊園からは真っ青な海が一望できる。風のない凪《な》いだ波間は、深く、吸い込まれそうな色を帯びている。山の中腹の段々畑に、菜の花が咲いているのも見えた。青と黄色の美しいコントラストに目を細める。

「……郁子叔母さんたちとは、入れ違いみたいだね」

菊の花と、今燃えつきたばかりの線香。傘の下の濃い影の中に、墓前に膝を折る斎がいる。斎は花屋で一般的な献花ではなく、小さな花のついた桜の枝を買い求めた。祖母らしいし、そして彌生らしい花だと昴も思う。

持参した花瓶に桜を生けると、数寄屋袋から数珠《じゅず》を取り出し、線香に火をつけて斎は長い間数珠をかけた手をあわせ墓前に参っていた。それは昴にとって永遠にも感じられる、厳かで尊い、長い時間だった。

顔を上げる斎が彌生の墓碑を眺め、白い指は語りかけるように愛おしむ仕草で触れた。きちんと結い上げた祖母の後ろ髪のうなじを、傘をさしかけたまま昴はじっと見下ろした。

彌生の墓碑を見つめたまま、斎は「昴」と名前を呼んだ。

「……はい？」

「あたしが今日ここに来たのはね、思い立ったからではないの。昨夜、不思議な夢を見たんですよ」

「夢？」

ゆっくりと立ち上がった斎は、昴の手から日傘を受け取った。歩き出す斎の後ろに昴が続く。

霊園から下りるゆるやかな坂道の途中で、斎は昴を振り返った。逆光でよくはわからない表情の中、斎の指がすっと海をさす。眩しくて、昴は目を細めた。

「少し、海を見ていきましょうか。こんなに晴れたきれいな海もめったにないもの」

人気《ひとけ》のない見晴らしのいい場所まで出ると、目の前に海が開けている。落ち着き場所を探しているような斎の気配に、昴は草の上にハンカチをしいて斎に「どうぞ」とうながした。

斎が声をたてて笑い、昴もその隣の地面に直接腰を下ろす。

「菜の花がきれいだねえ。もう、春なんだね。家に引っ込んでると、季節の変わり目にも鈍感になってしまいますよ」

「もう桜の蕾も、だいぶん綻《ほころ》んでるよ。週末には咲くだろうね」

ひさしぶりに潮の香りを嗅いだ。斎は少女のように、さした日傘をくるくると回す。それは青空の中で白い大輪の花に見えた。

くだけた気持ちで、昴は脚を伸ばす。空を仰いで、髪を掻き上げ、海の匂いを吸い込んだ。

「夢の話をしてたんだっけね」と、斎が言った。

「ああ、うん。不思議な夢見たって？」

「花を買おうとしている夢なのよ。あたしが、花屋にいるの。混雑してるのか順番に並んでいると、あたしの前に彌生が並んで花を選んでるんですよ」

目を細めている斎の表情は、波間に穏やかに彌生の思い出を浮かべている。白い日傘と横顔の輪郭が、陽射しに融けて混ざっていく。昴はまばたきをした。

「……彌生が？」

「桜の花がいいと彌生は言うんだけれど、あたしはどうしてだかそれは違うと思うのよ。白い花にしましょうと彌生に言うと、彌生はこれがいい、あたしにくれるならこれにして斎さんって……」

菜の花の黄色にふと微笑んだ斎は、幾度もの逡巡《しゅんじゅん》を乗り越えた、あきらめにも似た安らかな横顔をしていた。

「ここに来るのはずいぶん悩んだのよ。このまま目をつぶるべきなのか、それとも違う方法があるのか。わからずにいるあたしに、昨夜の夢に彌生がひょっこり出てきた。ここに来て、昴に全部を話すようにあたしに託したんじゃないかって思えてね」

「斎さん……？」

日傘の下から昴を見る、斎のまなざし。目の前の海のように澄んで、深い慈愛をたたえている。

「あたしはね、あんたと七緒が去年の夏に高森の家を訪ねて来た理由を、たぶん知ってるよ」

「斎さ……」

「あんたが七緒をどう思ってるのかも、知ってます。もっとも、それは子どもの時分に彌生が教えてくれたんだけどね」

昴は、一瞬、祖母がおかしくなったのかと本気で思った。ポカンとして、次に胸が冷たくなった昴の狼狽《ろうばい》に、斎は「心配しなくても、まだボケちゃいませんよ」とにこりと笑う。

「斎さん……」

「まだ七緒が小さい頃のことだよ。いつものように夏に遊びに来たときさ。たしか、あんたは十七くらいだった。帰る前の日に花火をしていたあんたと七緒を見て、あたしの隣にいた彌生がぽつりと言ったのが偶然聞こえたんだよ。〝昴は、ナオばっかり〟って……」

「……ハ」

笑い飛ばそうと思ったのか、心底驚いたためだったのか。中途半端なかすれ声がつまって、昴は祖母の顔を凝視した。

「昴。あたしは、あんたを貶《おとし》めるために話すんじゃないの。よく、聞いておくれね。そして考えて」

冷たい汗のにじむてのひらを、斎の指がきゅっと握る。骨張った指先の強い力から、斎が彼女のすべてで、昴と七緒と、彌生の人生を支えようとする気迫が克明につたわってくる。

昴も、そして斎も必死だった。たがいの秘密を光の下にさらす。

「最初はね、ただの彌生のやきもちだと思ったよ。でも言われて注意深く見てみると、ああ彌生は本当のことを言ってるんだってわかったの。あんたは慎重で用心深かったけど、隠せないものもあるもんだよ。人の想いってのは、皮膚ににじみでちまうんだね」

「斎さ、ん……」

祖母の瞳は静かで、迷いがない。昴のどんな不実もごまかさない意志の強さに、ああ、この祖母は本当に知ってくれていると昴は悟った。もうどんな偽りの言葉も欺瞞《ぎまん》も必要ない。あきらめにも似た解放感は昴を楽に穏やかにしてくれる。

「七緒もあんたのことが好きだってのは、すぐにわかったよ。あたしは最初、彌生は七緒に妬《や》いてそんなふうに言ったんだと思ってた。あんたと七緒のことは知らないふりをしようと思ったのよ。若いうちにはそんな錯覚もあるものなんだと、そのうち納まるべきとこが理解《わか》るはずだって自分に言い聞かせてね。もしかするとって、あたしは今でも思ってるよ。彌生が死ななければ、あんたも七緒の運命も変わっていたはずだって……」

「斎さん……？」

「あんたが彌生のことに罪悪感を抱いてるのは、薄々わかってたんだよ。ただ、彌生と約束したんでね、この言葉はあたしは誰にも言わずに彌生のとこまで持っていくつもりだったの。けど、あんたと七緒が夏に高森を訪ねて来た。そして七緒は遠くに行ってしまって、あんたはひどく苦しんでる。あたしの沈黙は、このままあんたを殺してしまうかもしれない」

昴はまっすぐに斎を見た。いや、違う。この瞳は、彌生だ。

彌生が、とても大切ななにかを自分に語りかけているのだと昴は感じた。

「彌生は、あんたが七緒を好きなことにはとうに気づいてた。そして、あの三年前の夏、帰りぎわにあたしにこう言ったの。今でも一言一句、違《たが》えずに思い出せるよ。〝斎さん、ふたりだけの秘密にしてね。あたしは昴と結婚するわ、それが三人のためにいちばん素晴らしいことなの。あたしと昴はね、同じ秘密を共有してるの〟」

「同じ、秘密……？」

三年前の夏。最後に彌生と過ごした、あの熊本での日々。

まっすぐに自分を見た彌生の、あの透き通ったまなざし。浴衣、線香花火、冷たいスイカ、あの日々のなにもかもがいっぺんに昴へと流れ込む。目眩《めまい》にふうっと目を閉じた。

あのとき、彌生は七緒にキスする昴を見ていた。彌生は、昴が七緒を好きなことを知っていた。

三人のために、七緒の幸福のために、彌生は昴という最善の方法を選択した。

儚く映る彌生の優しさは、本当はいつだって凛とした毅《つよ》さを持って、けして脆《もろ》くはなかったはずだ。

「……そん、な」

至高の恋愛を実現しようとしてたんじゃないか。俺にはそう思えるんだと、榛名の声が耳もとでささやく。一瞬の閃《ひらめ》きのように、昴にすべての真実がおとずれた。

「ウッ……クゥ……っ」

見開いた両目から、涙があふれる。唇が震えて、獣じみた短い呻きが洩れた。

斎の手は、子どもにするように昴の背を慈しみ抱いた。

「……ここに来るまでに、三年もかかっちまったんだねえ。夏にあんたが憔悴《しょうすい》してたのを見て、話してやりたかった。それでも、あたしも、まだ踏ん切りがつかなかったの」

斎の声はかすれて、目には涙が浮かんでいた。

「けど、彌生の最期の言葉を聞いたあたしに、彌生が夢でここに会いに来いって言うでしょう。なぜだか、彌生に導かれてるように思えてならなかったんだよ。それがあの子の意思なら、叶えてやりたかった。でなきゃ、あの子が不憫《ふびん》で……」

隣に座る斎も、海の青も、涙でぼやけてよく見えない。

「昴。彌生はなにもかも知ってたの。あの子が死んだのは、事故だったんだよ」

両手に顔を埋めた昴は、声をあげて泣いた。

彌生への罪悪感がぬぐえたとしても、自分は間違ってしまった。失《な》くしては生きていけないものを、自分のエゴで手離した。

「……けど、七緒は」

声は何度も喉につまった。斎は優しく昴の背中をさすり続ける。

「七緒は、俺を……、許してくれるだろうか……」

「それは、七緒にじかに尋ねてごらん。あんたには、答えてくれる人がまだいるんだよ、昴」

去年の夏、自分の気持ちを告白することを、七緒は未来の話をするんだと表現した。

世界中が敵になっても、味方でいると。ひとりじゃないと七緒は言ってくれたのに。

涙があふれてとまらなかった。嗚咽が落ち着くまで斎は静かに昴の隣にいてくれた。

しばらくして、昴は手の甲で頬をぬぐうと鼻をすする。

立ち上がった斎がハンカチの土を払い、丁寧にたたむと、昴に返した。昴の横顔は海を見ていた。

「少し、彌生と話をしておいで。あたしは、のんびり下りていくから」

黙ったままの昴の肩にそっと指先で触れると、斎の白い日傘は眩しい光の中、ゆるやかな坂道にゆっくりと消えていく。

春の風の冷たさが、涙に濡れた頬を撫でる。真っ青な海と菜の花のコントラスト。昴は晴れた世界の真ん中にたたずんでいた。

彌生の気配がする。彼女の息づかい、匂い、生きていた想いの清冽《せいれつ》さがすぐそばで昴を見ている。

「……彌生」

昴と彌生は同じ魂を求め、望んだ。彼女の愛し方を卑劣だと、昴には罵る資格はない。

少なくとも、彌生は自分の幸福に誠実に、正直に生きた。その想いが正しくても間違っていたとしても、嘘はなかった。

泥にまみれて地べたを這いずった愛情だけが持つ、純粋。

「彌生……」

頬に涙がつたう。昴は深く息を吸い込み、目を閉じる。

そして、心に浮かぶ、たったひとつの希望の名前を昴の唇がゆっくりとつぶやいた。

七緒が京都でひとり暮らしをはじめて、ひと月近くが過ぎた。

近所のスーパーやコンビニに銀行、ゴミの日。生活習慣にも少しずつ慣れてきている。隣の部屋に同じ大学に入学する新入生が住んでいて、学部は違うけれどよく話をするし、一緒に夕食を食べたりした。ひとりのときは、家族の団欒《だんらん》の灯が少し心に沁みた。

大学はマンションから歩いて十分かからない。春休みでも大学にはなぜだか人がたくさんいて、昼間に時々ふらりとおとずれてはひと足早い大学生気分を満喫してみた。学食や校舎をブラつき、サークルの勧誘用の看板を描いているのを覗いたり、グラウンドでラグビー部の練習を眺めたり。

とにかく、大学の校舎はべらぼうに広い。

『迷っちまいそうだよな、あの広さ。試験受けたときもびっくりしたけどさ。あと、こっちは朝のラッシュがすごいよ。山の手で一度死にそうになった、俺』

東京の大学に合格した賀田からは、一度電話があった。手塚も地元の私大に進学が決まった。

『何か、東京って友達ひとりもいないんだ俺、とか思ったら、急に瀬里とか手塚に会いたくなっちゃってさ。これって、一種のホームシックってやつ？』

わざと明るく笑う賀田に、七緒は優しく「そうかもな」と言った。新しいスタートは誰も不安と期待がせめぎあう。見知らぬ土地でのひとりの生活に飲み込まれてしまいそうになる心弱いときでも、もう不用意に淋しさと馴れ合うことはしたくなかった。みんな、それぞれの道を歩きはじめている。

榛名とも、電話でちょくちょく話をしている。七緒の都合の一切に頓着しない強引さに最初は怒り、呆れていた七緒だったが、やがてそれが彼なりの優しさなのだと気づいてからは、邪険にしなくなった。

「無理は美容の大敵。さみしいときは、甘えることも大事だぜ」

十日近く前に、榛名はふいに七緒に会いに京都をおとずれた。急に「京都駅にいるから」と携帯で七緒を呼び出し、咲きはじめたばかりの桜を見に哲学の道をふたりで歩いた。もう榛名は派手なネクタイをしていない。

夕暮れの小さな川沿いの道を、桜の枝をくぐりながら背の高い榛名は何度か七緒を振り返った。鳶色《とびいろ》の髪に花びらがいくつもとまっている。

「おまえ、京都に来てから長谷と話した?」

変わらずに美しい、少し落ち着いた榛名の横顔を見上げて、七緒はこの男は京都まで来て何てつまらないことを聞くんだろうとぼんやり思った。

「俺は、昴が望まないことを、どんな小さなことだってするつもりはないよ」

「それが、自分を偽ることになっても?」

「偽りじゃない。俺と昴の間に、もう嘘はひとつもないから。以前にも言ったよね? 俺は、ただ昴を好きなだけだ。その気持ちに正直でいたいと思うから、昴の望みを叶えたいんだ」

昴の望んだものは、ささやかな安らぎだけだ。それを贅沢だと七緒は責めることはできない。

榛名はチラリと七緒を見て、くわえ煙草をだまってふかした。自分たちの関係の本質を見抜いていた榛名は、今また七緒の語る昴との恋の結末に、別の可能性を見ているのかもしれない。

榛名は七緒の肩を抱き寄せることも、七緒の歩調にあわせる特別なこともしない。榛名と七緒は別の人間で、たがいの生き方があり、体温以外でいたわり尊重しあえる術を知っていたのだと思う。

別れ間際榛名は「おまえ、本当にそれでいいの?」と聞いた。七緒は誰にでもそうしているように身軽にうなずいた。榛名の髪に灯る桜の花びらを、指でそっと払う。

「俺さ、これでも、今結構幸せなんだ」

昴が告白した罪をともに舐めて、本当に昴とひとつになれた気がした。その甘い味に自分は心底陶酔した。

「高塔さん。俺が昴を愛してるみたいに、あんたも、いつかきっと誰かを愛せるよ」

そして、愛される。そう言ったとき、榛名は優しいような困ったような複雑な表情をした。

形のいい眉をひそめ、七緒の瞳をじっと見つめる。迷いのない七緒のまなざしに、やがて榛名はふっと息を吐いた。

「おまえ、またずいぶん綺麗になっちまいやがって……」

来てくれてありがとうと胸でこっそりつぶやいてバイバイと手を振ると、榛名も手を振り返してくれた。

榛名の背中を見送って、何にしろ聡や榛名といった、昴に関わりのある人間と話をすることは七緒にはうれしかった。まだ自分と昴のつながりがとぎれていないと信じられて、どこかで安心できた。

もう終わったことだと、思い出話のようになにげなく彼を振り返ることはできない。

今年の桜は少し早く、京都の春は桜の花と観光客であふれている。街中に桜を見ることができた。

七緒のお気に入りは鴨川沿いの桜だ。夜にバスで河原町まで来ては、水のせせらぎを聞きながら、ライトアップされた桜の凛とした美しさを飽きることなく眺める。ぼんやり煙草を吸ったり、ビールを飲んだりする時間は無意味だけれど、悪い気分じゃなかった。

この土地の桜を見ると、七緒はきまって高一の夏休みに読んだ谷崎潤一郎の『細雪』を思い出す。あの物語に描かれているような、桜の儚い幻想的な美しさは、たしかに人を虜《とりこ》にすると思う。

桜も流星も、散っていく一瞬の生命の輝きだからこそ、こんなにもあざやかに人の心を奪い、魅了するのかもしれない。

七緒の部屋の窓からも、ちょうど真向かいの家の庭の桜が見える。昼間は雲雀《ひばり》のさえずりが聞こえて、ああ春だなあと、空に背伸びしたい気持ちになった。

入学式を十日後にひかえ、壁には母親が買ってくれた新しいスーツをかけてある。母親からは週に一度は電話がきた。元気でいるかとか食事はとっているかとか、当たり前の心配はうっとうしくてちょっとこそばゆい。ぶっきらぼうに適当に返事をするのが精一杯だ。

ひとつ残っている段ボールに、部屋の床のあちこちには、脱いだ服や雑誌が雑然と散らかっている。自分の部屋に慣れるまでは、まだ時間がかかりそうだった。

夕方、ベッドに寝転がって雑誌をめくっているうちに、少しうとうとしていたのかもしれない。チェックのシーツ、毛布の真新しい匂い。エアコンをつけっぱなしで、半袖のシャツのままいつの間にか枕を抱いて浅い眠りの中にいた。

窓の外の桜が風に散っていく、さらさらという音が聞こえる。煙草の灰が灰皿にことりと落ちる気配、テーブルの上にぽつんと置いたコーヒーカップ。

枕の下にしいた昴の腕時計はお守り代わりで、チクチクと規則正しい鼓動のように時を刻む。

部屋はシンとした静寂と、夕暮れに包まれていた。七緒の毛布からはみだした脚に、斜めにオレンジ色が流れる。中途半端な身体と、時間。

心地よい微睡《まどろ》みの中で毛布をたぐり寄せたとき、ふいに耳もとで声がささやいた。

「バカね、ナオ。あたしが苦しまないようにしてあげたのに」

鈴を振る、軽やかな優しい笑い声が響く。七緒はぱちっと目を開けて、反射的に身体を起こした。壁のカレンダー、天井やキッチンや部屋のあちこちをぐるりと見回し、やがてくしゃくしゃになった毛布に触れてみた。誰もいない。おかしなところはひとつもない。

七緒は、だらしなくずれたシャツの右肩をごしとてのひらでこすった。震える息を吐く。

「……彌生?」

少しの間ぼんやりしていた七緒は、やがてベッドからもそもそ下りると、コーヒーを淹れるために狭いキッチンへ向かった。ヤカンを火にかける。

それから、ここに来て癖になった煙草に手を伸ばすと、ウォークマンの再生ボタンを押した。聴くのはもっぱら昴のくれた〝ジョン・レノンベスト〟だった。

暮れていく春の空と窓辺のイングリッシュ・ホーリーを、煙草の煙の向こうに眺める。

空耳でも、夢でもない。はっきりした特徴を持つ人間の肉声だ。吐息が耳たぶにかかった感触まで七緒はリアルに感じられた。彌生だった。姉の声を自分が間違えるはずがない。

不思議と怖い気持ちはなかった。自分を案じてか、それともなにかをつたえるためになのか、彌生がここに今いるのだと素直に信じられる。

そして、あの日届かなかった彌生の言葉の意味が、今初めて近くまで来ていると思った。

「……あたしが、」

あたしが、ナオを苦しまないようにしてあげる。幸福にしてあげるから。

あの熊本での最後の夏の夜、花火に隠れて彌生はそう言ったのではなかったのか。

ざわりと、胸が騒ぐ音がする。奇妙にそわそわして、七緒は煙草をふかしていた。

なにかがはじまる予感が、静電気のようにピリピリと痛みを指先に走らせた。

そのとき、キッチンのテーブルに置きっ放しにしていた携帯電話の着信音が鳴った。七緒はハッと顔を上げる。この部屋には電話を引いていないから、連絡手段は携帯か買ったばかりのノートパソコンのメールしかない。深く息を吐くと、七緒は携帯をとった。

「もしもし……」

『七緒、嵐だ！』開口いちばんすぐにそう叫んだ声に、七緒はとっさに携帯を耳から遠ざけた。

興奮してうわずった聡の大きな声は、それこそが嵐みたいに急いている。

「はあ？　もしもし、聡？　アラシって、何言って……」

『嵐なんだって！　いいか、七緒。落ち着いて聞けよ』

「え……」

昴の顔が一瞬よぎった。シャツの胸を無意識にぎゅっと握る。

『昴のやつ、今日、うちを出ていっちまいやがったんだ。車も売っ払って、荷物ひとつで』

「……へ？」

聡の言葉の意味が、よく理解できなかった。「はあ？」と間の抜けた声が洩れた。

「出ていったって……、へ？　まさか……家出？」

ポカンとして言った七緒に、電話の向こうで聡がいらだたしげに『ああ』とか『クソ』とかうなる。

『違う。大阪に今年の夏からランドスケープの学校が開校されるらしいんだけど、あいつ、一週間前にいきなりそこに就職の面接に行ったらしいんだ。それで、そこの特別講師だとかに決まったらしくて。だいたい、この一週間何か妙だとは思ってたんだよね。枯れてた草が急に生き返ったみたいにいそがしく動き出して。やたらとうちや瀬里の庭の隅々まで熱心に見て回ったり、今まで手がけた仕事場の様子見に出かけたり。親父にだけは相談してたらしいんだけど、僕らは今日突然聞いたんだぜ？　家族へのその仕打ち、信じられるか？』

「ちょっ、ちょっと待てよ、聡。よくわかんないよ。昴、大阪に住むのか？」

ひと息にしゃべる聡に、七緒はただ混乱してとまどう。聡は鼻声で笑った。聞き取りづらいのは、携帯のせいじゃない。

「聡？　おまえ、泣いてるのか？」

『アニキ、出ていくとき、僕らに何て言ったと思う？　京都と大阪は特急で三十分だ。俺は七緒と一緒に暮らすって、厚かましくもさらりと言いやがったんだぜ、あの男は』

「え……？」

とっさに、言葉の意味が浸透しない。まばたきの合間に、煙草の灰がポロリと床に落ちた。

「俺と一緒に……？　暮らす？」

『アニキはひとりでそう決めてるよ。図太いっていうか、変なとこでかたくななんだよな』

聡がなにか大切なことを自分につたえようとしてくれているのはわかるのに、指が痺れて力が入らなくて、うまく聞き取れない。自分に都合のいい夢を見ているのかと怖くなった。

「うそ、だ……、だって、昴は……」

昴がここに向かっている。自分と新しい生活をはじめるために。彼の守ってきた安全なエリアを自分の足で踏み出して、七緒との間に引いた透明な境界線をも越えて。

昴が、ここに来る。

『なにかあったらしいんだけど、僕もよくわからない。それは本人から直接聞いてよ。七緒、いい？　メモしろよ。昴が乗ったのは、のぞみ四十六号、京都に六時三十四分に着くやつだから』

のぞみ四十六号と、聡の言葉をぼんやりくり返して、七緒はまだ信じられない気持ちでいた。

「聡、これ現実？　俺……、ユメ見てるんじゃない？」

いつの間にか、七緒は泣いていた。震える指で携帯が滑らないよう、必死に握りしめる。

「本当に……？　昴が、俺を……？」

『現実だよ。昴はもうこの家にはいない、おまえに会うために新幹線に乗ってるんだ』

自分の人生が、今、新しい大きな流れに乗り出そうとしている。切望した、たったひとつの愛情が、もう一度この胸に生命を灯す。

ＢＧＭはいつの間にか〝ＳＴＡＲＴＩＮＧ　ＯＶＥＲ〟に変わっていた。できすぎの演出だ。昴が好きだと言ったジョンの歌声が、やがて昴の真似《まね》る声に重なり、七緒をあの優しい庭へと連れていく。昴の神聖な空間にいざなう。

「聡、俺、……もう昴の声、思い出せないよ」

『七緒……』

「ひと月の間に、こんな声だったとか、低いとかかすれてるとか、いろいろ想像して……。ごちゃごちゃに混ざってわかんなくなった。すぐ、会わないと、また忘れちまう……」

涙で声が何度もつまる。聡は辛抱強く、黙って受けとめてくれた。

彼ははっきりと強い発音で『七緒』と呼んだ。ありったけの親愛で、一度も呼んだことのない声で名前を呼んだ。

『あいつ、まだ安月給だぜ。優柔不断だし意外とズボラで、とりえっていえばちょっと見映えするあのツラと、手に職あることくらいだ。七緒は、そんな男でもいいの？』

「……ひでー」

あんまりな弟の言い草に、七緒は泣きながら笑った。聡の声がひどく優しい。

『そんな男でも、七緒、アニキのこと許してくれる？』

「……俺、昴だったら、結構何でもいいかも」

『呆れた物好きだね。もう一遍選んじまいやがったよ』

泣きながら、今度はふたりで笑った。電話の向こうで聡が鼻をスンとするのが切ない。

煙草の灰が視界の隅にはらはらと落ちていくのが、夕暮れの窓辺に白っぽく流れて、まるで桜の花びらが散っていくみたいに見えた。

その色彩にたたずんだ透き通った彌生が、夢のように美しく七緒を見ていた。

彼女がなにを言いたいのか、七緒には結局わからない。けれど、幼い頃から弟に一心に捧げたまなざしで、彌生は今また七緒の未来を静かに見守っている。

『長谷の家は、まあ、僕がいるから大丈夫』

「うん……」

煙草に咳《せ》き込んでまた涙が出て、七緒は姉に微笑んだ。

ねえ、彌生。一緒に生きていこうよ。俺と昴は、きっとあなたなしでは成り立たないから。

『瀬里んとこは……、そうだなあ。七緒が元気で幸せでいてくれれば、おばちゃんたちはそれでいいんじゃないかな。僕はそう思うけど』

「ん……」

七緒はただうなずいた。涙がとまらずに、指でぬぐう。

『いろいろ大変だと思うけどさ、ふたりでがんばってみなよ。僕は今度は三人分の保険になる覚悟はできてる。七緒、僕さ。今日、出ていくアニキの背中を見たとき、初めてあの人が格好いいと思ったんだ』

「聡……！」

長い長い暗闇を、今一筋の希望の光が突き抜けていく。

翼を広げて、今旅立とう。ぼくらは、生まれ変わるんだ。


床に散らかした服を拾って適当に着替えると、七緒はコートのポケットに携帯電話と財布を突っ込んで、靴を履くのももどかしく部屋を飛び出した。

早春の夕暮れはもう薄闇になり、やがてすぐに夜がくるだろう。路地を駆けて行く途中の塀の上で、いつもの白猫が呆れた視線でちらと七緒を見た。

地下鉄の階段に、桜の花びらが風で舞っていた。白く踊るその中を駆けおりる。

京都駅まで駅は三つ。昴の腕時計で何度も時間を確認して、ポケットの中の携帯を探った。

なにか形のあるものに触れていないと落ち着かない。

「のぞみ、四十六号。六時三十四分……」

聡の教えてくれた昴の列車を、くり返し、おまじないみたいに口ずさむ。

薄暗い電車のドアのそばにもたれて、七緒は自分のコートの腕をぎゅっと抱いた。

夢かうつつか、奇妙な浮遊感に足もとがおぼつかない。微熱があるみたいに、頬が熱くて喉が渇いていた。夢が夢なら、永遠に醒めませんように。もう一度昴の愛情を失ったら、自分の心は今度こそ死んでしまうだろうから。

たとえば自分にとって、昴の愛情の善悪は、ささいな問題だったと七緒は思う。彼の曖昧な優しさも弱さもひっくるめて、七緒が愛したのは昴という生身の人間だ。昴そのものだ。彼が望むなら、きっと自分はどんな種類の人生でも叶えてあげられたはずだった。それが榛名の言うように、嘘を貫くだけの人生だったとしても。

そんなふうに、七緒は昴を愛した。

地下鉄のノイズの中で、七緒は目を閉じ自分の想いを研ぎ澄ませる。粟立《あわだ》つ皮膚、身体中を巡る血の流れ、命を刻む鼓動。自分のすべてで昴を求めている。声に出さず唇がそっと名前をつづり、指を祈りの形に絡めた。

京都駅に着いて地下鉄を降りると、七緒は改札を抜けて地下の専門店街へと向かった。まっすぐに昴へと続く道筋しか見えずに、ラッシュで混雑している人波に何度も肩をぶつける。

駅へ上るエスカレーターに乗ったそのとき、携帯の着信音が鳴った。心臓がドクリと跳ねた。

「あ……」

唾を必死で飲み込み、指先でポケットを探る。携帯を耳に押し当てた。

「もしもし？」

『七緒？』

本物の嵐みたいに、現実の昴の声は七緒のどんな想像も一瞬で蹴散らした。まるで奇跡だ。声を聞いただけで、七緒の目には涙がにじんだ。

「昴、スバル……っ」

『七緒、七緒……！』

たがいに名前を呼ぶだけで精一杯だった。エスカレーターの人の隙間を縫って駆け上がると、みんな嫌な顔で七緒を見たけれど、走っていないと、その場でみっともなくしゃがみこんで泣きわめいてしまいそうだった。

「昴……っ」

『七緒……、ナナオ……っ』

会えなかった時間の隙間を埋めるように、昴は何度も七緒の名前を呼んだ。列車の中のせいか雑音が混じって聞き取りにくい昴の声に、七緒は懸命に耳を澄ました。

「スバル……、昴ぅ……」

列車のかすかな振動と、昴の不規則にしゃくり上げるような息づかい。胸がカアッと熱くなった。電話越しにも、たがいに込み上げてくるなにかのかたまりをやり過ごすのに必死なのが、直《じか》でつたわる。

本当に、電話の向こうに昴がいる。彼と、声で繋がっている。やがて昴が、深く息を吐き出した。

『七緒、俺、新幹線の中なんだ。この電話、デッキからかけてる。その、突然なんだけど、そっちに向かってて……』

「知ってる。俺、今京都駅に来てるんだ。さっき、聡から電話があった」

『聡が？』と少し驚いたように昴は言って、それから『そうか』とつぶやいた。聡と七緒の間でどんな会話があったのかを、すぐ理解した様子だった。

エスカレーターを降りると、吹き抜けのだだっ広い中央コンコースに出る。外はもう真っ暗で、京都タワーのロウソクがライトアップで白く浮かび上がっているのが見えた。入場券を買うために券売機に並んだ七緒は、携帯を持ったまま財布を開けようとして、小銭が床に散らばった。

いろんな人がその小銭を拾ってくれるのに、七緒は泣き笑いの表情を浮かべた。

「小銭バラまいちゃったよ。ハハ、なに、やってんだろうね、俺。あ、ありがとうございます」

拾ってくれた人に頭を下げて、七緒は汗のにじんだてのひらをコートの胸でぬぐう。

「昴、何号車に乗ってる？　俺、ホームまで行くから」

『十一号車だ。もうすぐ京都に着くって、アナウンス流れてるよ。聞こえるか？』

昴の声の後ろに、メロディとかすかなアナウンスの声が聞こえた。もう、列車はここに着く。

何とか入場券を買って、七緒が電光掲示板で昴の乗る列車の到着ホームを確認していたとき、

『七緒』

ふいに、静かな昴の声が言った。七緒は「十三番」と小さくつぶやくと、改札に向かった。

「ん？」

『俺は身勝手な罪悪感で、一方的におまえを裏切った。みっともないとこも弱さも全部、隠したいものはおまえにさらしたよ。……俺もおまえも、彌生を生涯忘れることはない。また苦しむときも来るかもしれない。それでも、七緒。おまえは俺でいいか？　そんなちっぽけな男でも、好きでいてくれるか？』

「昴……」

その瞬間、七緒を取り巻くざわめきが波のようにスッと引いた。コンコースの人混みの真

ん中に立ちつくして、七緒の世界は昴だけになる。

『俺は、おまえと生きていきたい。おまえを……、愛してるんだ』

それは心の奥底からの、血のにじむ告白だった。

長谷昴という男の全身全霊が、瀬里七緒というひとりの存在を狂おしく求め、愛を乞う。

七緒が欲しいというただひとつの望みを、昴はありのままに七緒にぶつけた。

「あ……」

たまらず、七緒は声を洩らして固く目をつぶる。嘘のない昴の欲望に心が歓喜に震えた。

抱えていた葛藤を、昴がどうやってどれだけの苦しみで乗り越えてここにたどり着いたのか、七緒は知らない。もう、理由も懺悔《ざんげ》もむずかしい理屈もいらない。愛しくて、愛撫のように、携帯に涙に濡れた頬をすりつけた。

「どんなでも、いい…。昴となら、苦しくてもいい」

『七緒……』

「俺も……、昴を、愛してる……」

ああ、と昴が満たされたやわらかい吐息を洩らした。幼い頃からひそやかに育んできた愛情という種は、いくつもの誤解やすれ違いを経験して、今ふたりの胸で大切な花を咲かせた。

『俺たち、ずいぶん遠回りしちまった。ごめんな』

昴の声も低くかすれている。七緒は何度も首を振った。

「けど、そうじゃなきゃ……、俺たちきっとこんなふうにはなれなかったよ」

『……そうだな。そうかもしれないな』

心からの七緒の言葉に、昴はそうとだけ言うと少し微笑んだようだった。哀しみも淋しさも知っている、大人の男の乾いた優しいつぶやきだった。

入場券で改札をくぐると、七緒は三階の新幹線の到着ホームへと向かう。階段を駆け上がる自分のこの一歩が、昴へと近づいていく。ふたりの距離を縮める。

『七緒、京都に入ったみたいだ。寺とか……、あの白いの京都タワーかな。見えてきた』

「……ん」

『ここが、今おまえの生活してる街なんだな』

そして、これからふたりが暮らしていく街になる。

「……俺の部屋、せまいよ。昴、背が高いから窮屈だけど、我慢してくれる？」

構わないさ、と昴は笑って言った。七緒は、あのせまいベッドにどうやって昴を寝かせればいいのかつかのま頭を悩ます。まだ客用布団も、食器もひと組しか用意がないところまで思い出して、「まあ、いいか」と七緒は笑った。そんなあれこれは、明日ふたりで考えればいい。これからは、一緒に迷う時間はいくらでもある。

『ああ、桜が咲いてるな。きれいだ……』

ぽつりと言った昴の声がやけに切なく胸に沁みた。

夜のホームに出ると、冷たい風が火照った頬に心地よい。肩で大きく息をして、七緒はホームをぐるりと見回した。向かいのホームに着いた列車の乗降客と、これからここに入ってくる昴の乗った新幹線を待つ乗客であふれている。

駅ビルの明かりが眩しくて、七緒は目を細める。いろんな人の別離や旅立ちや、そして再会の一瞬を彩る、まるでここは人生そのものを凝縮した場所だ。

ここから、自分の二度目の人生がはじまる。

ふたりが選んだ生き方は、けして易しい道じゃない。この先、きっと遠くはない未来に、向き合わなければならない現実にも直面するだろう。けれど、たがいに傷つき苦しむ日が来たとしても、今度はきっとあきらめない。昴の手を離さず繋いでいたいと七緒は強く思う。

流星のように儚い人間の一生の中で、自分たちはどんな輝きをはなつことができるだろう。

線路沿いに桜並木が見えた。街灯に浮かび上がる風に散る花びらは、静穏で厳かな美しさに満ちたあでやかな情景だった。昴も、この同じ桜を列車から眺めている。

夜のホームの端に立ち、七緒は喧噪《けんそう》の中、電話の昴の声だけに心を傾けた。

『駅が見えてきた。もう、着くよ』

電話越しにつたわる列車のゆるやかな振動が、鼓動の音みたいだった。トクントクンと規則正しいリズムが七緒の心音にきれいに重なって、七緒は自分の胸にはじまりの瞬間を聞いていた。

とぎれかけたふたりの絆は、新しく力強い結びつきに生まれ変わろうとしている。

『七緒、すぐ会える……』

「うん……」

『話したいことがあるよ。俺のことや、彌生のことも……。ああ、でも今は早く顔が見たいな』

七緒は何度もうなずいた。

『顔を見て、抱きしめたい……』

「俺も、会いたいよ。昴……」

昴の鼓動が近づいてくる。七緒は、ゆっくりとホームに滑り込んでくる新幹線のライトを目で追った。列車の到着を告げるブザーが鳴り響く。アナウンスが流れた。

『七緒……』

列車が止まるとすぐに、ドアから乗客の波が吐き出される。昴の電話の声に、七緒が聞いている雑踏とアナウンスが聞こえているのが不思議な気持ちだ。

七緒はホームの端にたたずんだまま、じっと動かずにいた。携帯を耳に押し当てて、人混みの中に昴の姿を探す。

階段へと吸い込まれていく人の合間に、背の高い青年の姿を見つけた。オフホワイトのコートに、小さな旅行鞄がひとつ。携帯を耳に当てた格好で、きょろきょろとあたりを見回している。

秋頃から落ちたという視力のせいで一日中かけるようになった薄い眼鏡と、肩まで伸びた髪。少し頬が削げて痩せた横顔は、今日はきれいに髭があてられている。

『七緒、七緒……？』

携帯電話を握った七緒の手が、力なくだらりと下がった。ホームのざわめきを縫って、七緒の意識は昴だけに向かっている。発車する列車の風で彼のコートの裾がはためくのが、七緒の視界に残像のように白く残った。

完全な愛なんてこの世に存在しない。

足りない欠片《かけら》をかき集めるみたいに、寄り添うふたりでいい。不器用なふたりでいい。

『七緒……』

ホームのざわめき、握った携帯から洩れるかすかな昴の声。七緒は昴に目を凝らした。人の引いていくホームの端にたたずむ七緒の視線に、ようやく昴が気づいた。はっと七緒を振り返り眼鏡を外すと、たしかめるように目を細める。七緒の愛した黒い静かな瞳だった。

肩でひとつ大きく息をつくと、昴の口もとがやわらかな微笑みを浮かべる。

スバルと、声にならない声で七緒の唇がつづった。彼には、そのささやきがきっと届いている。

携帯電話の通話を切らないまま、昴はコートのポケットに眼鏡と電話を突っ込むと、七緒に向かってまっすぐに歩いてくる。桜の花びらが昴の後ろで風に舞った。

静かな世界に、ふたりの鼓動が透き通って響く。

「七緒……」

昴の瞳は、あの別離のときとは違う、もっと強く研がれた美しさで七緒の胸を叩いた。

永遠が、ここにある。

昴が、七緒の真正面にてのひらを差し出した。七緒は昴の瞳だけを見つめ続け、やがて自分から彼へと指を伸ばす。昴の手をとるために。

あとがき

はじめまして、あるいはおひさしぶりです。麻生雪奈と申します。

病気治療やもろもろのことがありまして、ここ数年隠居生活もどきを送っておりました。

（しかも現在進行形だったりします）

プチ復帰（？）第一弾は、書き下ろし新作ではなく文庫化になりました。もしかして新作を待っていただいている方がいらっしゃいましたら、申し訳ありません。文庫化ではありますが、かなり手を入れてがんばったつもりですのでご容赦いただけますと幸いです。

この文庫化のお仕事に手をつけ始めたのは、たしか今年の春前。気づくとあっという間に年末が近づいていて、何だかんだでこの原稿も一年近く持っていたわけですね（汗）。仕事の作業のカンや、流れなど思い出すのに時間がかかってしまいましたが、いざ書き始めると、「ああ、小説書いてるってこういうことだな」としみじみしました。

今回うれしかったことは、友人に「あなたには、小説を書いていていてほしい」私の小説が好きだ、と言ってもらえたことです。思いがけないシチュエーションでの言葉だったので、この直球の言葉にはちょっと泣いてしまいました。

まだ私は小説を書いてていいんだろうか、いいのかもしれない。そう思えました。

たったひとりの読者でも味方でも、そのひとのために私は話を紡げるだろうと思います。

挿絵は六芦かえで先生にお願いさせていただきました。表紙カラーのふたりの、そして青の美しさに胸をつかまれました。ええ、がしっと（笑）。ご多忙中本当に素敵なイラストで小説を彩っていただきまして、ありがとうございました。そして編集さんにも心からの感謝を！　隙のないサポートで、こんなグズグズの私でもまた物書きに戻ってこれました。たくさんご迷惑をおかけして猛省です。今回の借りは次回にかならずや！（え）本当にありがとうございました。

昴と七緒の話、いかがでしたでしょうか。ふと夜空を見上げて流星を探すような、そんな話になっていれば幸せです。

次回も新書の文庫化なのですが、好きな話なのでがんばります。先の話になりますが、よろしければ、本屋で目に留まったらどうぞよろしくお願いします。
読んでくださって本当にありがとうございました。最上級の感謝をこめて。

麻生　雪奈拝

本文中、未成年の喫煙飲酒など現行にふさわしくない場面が数回登場しますが、執筆当時の主人公の心情を表現するためにあえてそのまま残しております。ご了承ください。

本文中歌出典『この世の果てまで』パティ・ペイジ
『STARTING OVER』ジョン・レノン

✦初出　流星の日々………ショコラノベルス「流星の日々」（1999年6月）
を大幅加筆修正

麻生雪奈先生、六芦かえで先生へのお便り、本作品に関するご意見、ご感想などは
〒151-0051 東京都渋谷区千駄ヶ谷 4-9-7
幻冬舎コミックス　ルチル文庫「流星の日々」係まで。

幻冬舎ルチル文庫

流星の日々

2015年12月20日　第1刷発行

✦著者	麻生雪奈　あそう ゆきな
✦発行人	石原正康
✦発行元	株式会社 幻冬舎コミックス 〒151-0051 東京都渋谷区千駄ヶ谷 4-9-7 電話 03(5411)6431 [編集]
✦発売元	株式会社 幻冬舎 〒151-0051 東京都渋谷区千駄ヶ谷 4-9-7 電話 03(5411)6222 [営業] 振替 00120-8-767643
✦印刷・製本所	中央精版印刷株式会社

✦検印廃止

ISBN978-4-344-83492-7　C0193　Printed in Japan